奥威尔作品

动物农庄
Animal Farm

〔英〕奥威尔 著　　陈枏樵 译
〔英〕拉尔夫·斯特德曼 插图

北京燕山出版社
BEIJING YANSHAN PRESS

图书在版编目 (CIP) 数据

动物农庄 / (英) 奥威尔著 ; 陈枻樵译 .—北京 :
北京燕山出版社 , 2015.1（2022.8 重印）
ISBN 978-7-5402-3709-7

Ⅰ . ①动… Ⅱ . ①奥… ②陈… Ⅲ . ①中篇小说—英国—现代
Ⅳ . ① I561.45

中国版本图书馆 CIP 数据核字 (2014) 第 266543 号

动物农庄

［英］奥威尔 著
［英］拉尔夫・斯特德曼 插图
陈枻樵 译
责任编辑 / 尚燕彬
装帧设计 / 80田・小贾
内文制作 / 张　佳

北京燕山出版社出版发行
北京市丰台区东铁匠营苇子坑 138 号嘉城商务中心 C 座　邮编 100079
全国新华书店经销
北京市松源印刷有限公司印刷

开本 880mm×1230mm　1/32　印张 6.5　字数 64,000
2015 年 4 月第 1 版　2022 年 8 月第 5 次印刷

定价 : 59.80 元

乔治·奥威尔（1936）

　　我从西班牙回来后，就想用一个故事来揭露苏联神话，它要能够为几乎每个人所容易了解而又可以容易地译成其他语言。

——乔治·奥威尔

奥威尔在缅甸期间的护照照片

十七岁时的奥威尔　　　　　　　　任职《论坛报》时的记者证

在缅甸警察训练学校时的奥威尔（后排左三）

参加西班牙内战时的奥威尔（中间挽枪站立者）

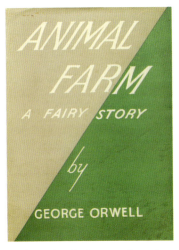

《动物农庄》英国初版（1945）

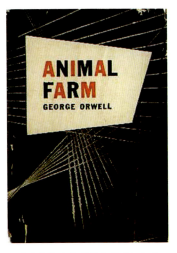

《动物农庄》美国初版（1946）

《动物农庄》乌克兰文版（1947）

《动物农庄》中文版（1948）

美国哈考特出版社插图版《动物农庄》（1954）

此版插画作者约翰·哈拉斯和乔伊·巴切勒夫妇也是一九五四年动画电影《动物农庄》的主要制作者。

《动物农庄》完成后，屡遭出版商拒绝。直到一九四四年十月，英国的瑟克·瓦伯格出版社才接受了《动物农庄》。但是作为一个规模不大的出版公司，纸张配给有限，所以直到一九四五年八月，小说才得以出版。《动物农庄》初版只印刷了四千五百册。三个月后，又加印了一万册。到奥威尔去世时，仅英国就已经卖出两万五千册。

一九四六年，美国哈考特出版社出版《动物农庄》，首印五千册，很快销售一空，加印两次，销量突破五万册。

一九四七年三月，《动物农庄》乌克兰文版出版，该版由慕尼黑乌克兰流落异国者组织于同年十一月发行。奥威尔没有要版税，之后译介到其他贫穷地区的版本也都没有要版税。

冷战期间，美国大力资助外国出版《动物农庄》。从一九四八年资助韩国开始，陆续资助三十多个国家和地区印刷出版了数百万册的《动物农庄》。到《动物农庄》出版五十周年之际，该书被翻译成六十种语言在全球出版，销量超过两千万册。

动画电影《动物农庄》剧照（1954）

　　《动物农庄》是英国第一部动画电影长片，动用了八十位卡通画家，设计了七百五十个场景，绘制了三十万幅彩图，于一九五四年拍摄完成，一九五四年年底在美国公映。

动物实拍电影《动物农庄》剧照（1999）

目录

CONTENTS

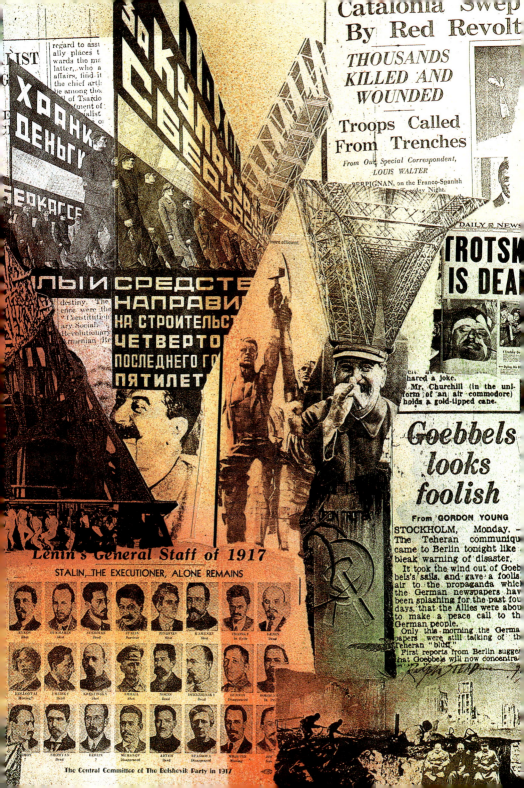

原序　新闻自由

　　本书中心概念于一九三七年成型，但直到一九四三年才诉诸文字。下笔之时已想见，出版此书难如登天（尽管目前图书供不应求，只要证明是书就能卖），其后果然连遭四位出版商的回绝。其中只有一人是基于意识形态的原因，另外两位多年来出版了不少反俄书籍，最后一位则无任何政治色彩。有位出版商一开始答应出书，初步准备工作完成后却决定请教情报通讯部（Ministry of Information），该部人员警告他，或者该说向他强烈建议，不要出版这本书。以下是他来信的部分内容：

　　　　说到情报通讯部要员对于《动物农庄》的反应，我
　　　得承认，对方的看法让我陷入深思，现在我知道，这本
　　　书很不适合在目前这个年代出版。如果只是个概括描述
　　　独裁者和专制统治的故事，那出版后不会有问题。但是，
　　　我现在认为，这个故事完全以苏联发展史及其两名独裁
　　　者为样本，根本就是在影射苏联，而非其他独裁政权。

此外，如果故事里的统治者不是猪[①]，情况可能会好一点。在我看来，设定猪为统治阶层无疑会冒犯许多人，特别是像俄罗斯这种敏感民族。

这不是好现象，政府部门显然不该有（除了大家都不会反对的战时安全检查）检阅官方未出资赞助的书籍的审查权。然而，思想及言论自由此时所面临的主要威胁并非情报通讯部或其他官方机构的直接干涉，出版商和编辑竭力阻止某些书籍付梓，并不是因为他们害怕遭到检举，而是对舆论有所顾虑。在这个国家，知识界懦弱是作家与新闻工作者所须面对的最大敌人。而对我来说，这种情形实在不该受重视。

心态公正的新闻从业人士都会同意，大战期间实行官方审查制度并不特别惹人厌恶，尽管高压"管理"是可预期的合理手段，但我们事实上未如此遭遇。新闻界的确有些不平之鸣，但整体来说，政府的行为中规中矩，还对少数人的想法格外宽容。至于英国的文学作品审查制度，其悲惨之处在于大部分媒体自愿受审。

不受欢迎的意见找不到发声管道，令人困扰的事实遭到掩饰，这一切都不劳政府发布禁令。只要在其他国家住得久了就

---

① 我不清楚修改此部分的建议是该位先生的个人意见，还是情报通讯部所提，似乎有些官方色彩。——作者注

会知道，有一些耸动的新闻足以登上报纸头条，在英国报纸上却找不到相关报道，这不是因为政府干涉，而是因为大家有默契，知道报道那件事很"不妥"。拿现在的日报来看，便可一目了然。英国新闻界十分集权，大多由富翁掌控，他们很有理由对一些重要话题隐而不报。而这种垄断的审查制度也涉及书籍、期刊、戏剧、电影与电台节目，不管何时，社会上总有一套思想标准，所有"头脑正常"的人皆毫不置疑地接受。人们并非被禁止说这道那，只是谈及那些事情很"不妥"，就好像维多利亚时代中期，在淑女面前提及裤子很"不妥"一样。欲挑战此标准者，其言论遭掩盖之快令人咋舌。不管在大众导向的新闻报纸上还是学术气息浓厚的期刊中，背离标准的见解几乎没有分说的余地。

目前最标准的态度就是毫不批判地景仰苏俄，人人对此心知肚明，而且几乎都会付诸实行。所有对苏维埃政权的严厉批判以及一切苏联政府倾向于隐瞒的事实，全都不可能印刷发行。可笑的是，全国上下一心谄媚盟国的这段时间，正是知识兼容并蓄的年代。虽然我们不能批评苏俄政府，但是可以自由指责自己的国家，抨击斯大林的文章几乎没有人会刊发，可非难丘吉尔倒是保险多了，出书或发表在期刊上都不成问题。此外，在这长达五年的战争里，我们花了两三年为国家存亡而奋斗，无数书籍、手册及杂志鼓吹妥协之下的和平，这些著作皆未受干涉顺利出版，出版后也未引起太大的反对声浪，只要不牵涉苏联的名声，言论自由这个原则大抵是存在的。另外，还有一些禁忌话题，我在此也会列举几项，但对苏联的态度过于一致是最严重的问题，此态度并非由外来压力所形塑，而是自发性行为。

英国大部分知识分子奴性十足，而且从一九四一年起便不断替俄国宣传。不过，他们过去曾多次这般作为，所以也不再那么让人讶异了。在一个又一个具有争议的话题上，大家未经检视便全盘接收苏俄观点，甚而昧于历史事实或知识合理性宣传这些观点。举个例子来说，BBC 在红军二十五周年庆时，只字未提托洛茨基，这就好像在缅怀特拉法尔加海战 ① 时忘记提到纳尔逊一样，但那并未引来英国知识分子的抗议。在所有被占领地区的内部斗争中，英国新闻界几乎都站在苏俄这一边，并且出言诽谤反对势力，为了达到目的，有时还会隐匿实证。最有名的例子就是二战期间南斯拉夫游击队领袖米哈伊洛维奇上校。苏俄在南斯拉夫的忠诚支持者是铁托，便指控米哈伊洛维奇与德国狼狈为奸，该指控旋即登上英国媒体：米哈伊洛维奇的支持者完全没有回应的机会，而且与新闻内容抵触的事实也完全未提及。到了一九四三年七月，德国悬赏十万马克捉拿铁托，抓得米哈伊洛维奇者，赏金也在十万马克左右。结果，英国媒体几乎只提到铁托的赏金，仅一家（以小版面）提到米哈伊洛

---

① 特拉法尔加海战，一八〇五年英国和法国之间的一次海战，英国以少胜多。此次战役英国的指挥者是海军司令纳尔逊，对方是拿破仑。

维奇也在悬赏之列，最终大家依旧认为这名上校与德国同谋。西班牙内战时也发生过极为类似的事情，当时俄国人决意粉碎亲共和党势力，英国左派媒体因而不分青红皂白诽谤这些派系，还拒绝发表这些派系的自辩信。目前，严厉批评苏联即遭到指责，有时这些声音的确存在的事实还会被掩盖下来。例如，托洛茨基死前不久曾替斯大林写过传记，或许有人认为这传记不免有偏颇之处，但这本书明显卖得很不错，一位美国出版商准备出版，且已将之付印——我相信几本印好的很可能已经先送到书评家手上——苏联此时宣布参战，于是书立刻遭到回收。虽然这本书的确存在，但英国新闻界只字未提。如此查禁一本书，只换来新闻中寥寥几个段落。

将英国文学知识分子自发的审查行为与压力团体（Pressure Group）的检阅行为做区分是件重要的事情。其中最令人诟病的，就是有些话题因为影响到"既得利益者"，所以无法讨论，最有名的例子就是专利药品业。此外，天主教教会对新闻界具有极大影响力，而且能压低批评声浪。因而，如果一个天主教神父做了什么丑事，新闻大多不会报道。但若是丑闻与英国国教的牧师有关（如史提夫基教区牧师），那么立即登上头条。戏剧或者电影要表达反天主教思想难如登天，每个演员都会跟你说，抨击或者取笑天主教教会的戏剧或电影皆可能遭新闻界杯葛，导致票房惨淡。但这种事情无伤大雅，或说至少还能理解，任何大型组织总会尽其所能维护自身利益，有时还会自我宣传。没有人会期待《每日工人报》(Daily Worker) 报道不利于苏联的消息，就好像《天主教先锋报》(Catholic Herald) 不可能抨击教宗一般，每个有头脑的人都知道《每日工人报》和《天主教先锋报》本身的色彩。然而，真正让人不安的是，自由派作家及新闻工作者从不对苏联及其政策提出任何理性评论，很多时候连最单纯的诚实也做不到，而且他们如此扭曲自己的心思不是因为遭到施压。斯大林神圣不可侵犯，他的政策在某些层面上不该受到深度探讨，这个原则自一九四一年起成为众所周知的事实，但在这之前的十年间，此原则影响之广有时超出常人理解。在那段时间里，左派对于苏维埃政权的批评很难传到一般人耳里。此外，反俄文学不胜枚举，但所有作品几乎全以保守派观点为主，还明显有违事实、过气、动机不良。另一方面，亲俄文章数量之庞大、内容之虚假也不遑多论，甚且杯葛任何想要理性讨论重要话题的人。事实上，出版反俄书籍是可行的，只是会遭到几乎所有知识界、新闻媒体的忽视或曲解。不管在公开场合或者私人处所，皆有人告诫我们那样很"不妥"，我们说的或许没错，但现在"时机不对"，会让反动派占着便宜。人们通常以国际情势及英俄同盟关系来捍卫此一态度，但那很明显只是个借口。英国知识分子，或者该说大部分英国知识分子，把苏联当作自己国家一样效忠，他们认为对斯大林的智慧有所怀疑是种亵渎。

他们以不同的标准品评俄国所发生的事情及其他地方所发生的事情，一九三六年至一九三八年间的大清洗[①]夺走无数人命，但终身反对死刑的人却拍手叫好。此外，报道印度饥荒是合理的，同样的事情发生在乌克兰却会被隐匿下来。如果这是战前的真实情况，那么知识界目前的风气也没好到哪去。

现在回到本书，大多数英国知识分子的反应很单纯，就是"这本书不应该出版"。娴熟诋毁艺术的评论家自然不会以政治观点来攻击这本书，而会从文学角度下手，他们会说这本书沉闷无趣，只是在浪费纸张。这或许是事实，但显然不会是整个故事的完整面貌，没有人会因为一本书差就说那本书"不应该出版"，毕竟我们每天印发成千上万的废文，也没有谁真的感到不快。英国知识分子，或说大部分英国知识分子，反对这本书的理由会是：它诽谤他们的领袖，(在他们看来)还破坏发展的动力。然而，如果书里写的是相反的情节，他们就不会有任何微词，即便是书里的文学性错误显而易见也是如此。举例来说，左翼图书俱乐部（Left Book Club）在四五年间一炮而红，只要他们对作品主题有兴趣，不管是否入流或者内容散乱，都一样包容。

这里牵涉的话题很简单，只有一个：不管某个意见多不受欢迎、多愚蠢，是否该有机会让大家听到呢？如果拿这个问题问英国知识分子，他们会回答"是"。但若是我们将问题更具体化一点，

---

① 指二十世纪三十年代苏联爆发的一场政治镇压及迫害行动。

问："那么抨击斯大林的意见呢？是否也该让大家听到？"这个问题的答案通常是"否"。在这个例子里，当前的标准做法受到质疑，所谓言论自由的精神也产生偏差。现在，如果有人要求言论自由、新闻自由，他得到的并非绝对的自由，只要世界上有组织化的团体，那么，一定会有，或者说不管怎样都会有一些审查。但是，一如罗莎·卢森堡所说，自由乃"他人的自由"，伏尔泰的名言也有相同的精神："虽然我不同意你的话，但是我誓死捍卫你说话的权利。"有人说，知识自由无疑是西方文明最显著的特色之一，如果要解析这句话，我想那表示在不伤害到社会上其他人的前提下，每个人都有权利表达、出版他们认为是事实的思想。

资本主义民主制度与西方国家的社会主义一直到最近才开始重视此一精神。一如先前所提，我们的政府对此精神多少还存了点敬意，但对市井小民来说，或许是因为他们不热衷于排斥不同的声音，因此都不清不楚地以为"每个人皆有表达意见的权利"。而文学界及科学界的知识分子原本该是自由的捍卫者，却全部成了或者说大多成了此一精神的鄙视者——不管在学术理论上或在实际行为中都弃之如敝屣。

我们这个时代最特殊的现象之一就是变节的自由主义者，大家熟悉的马克思主义者所提倡的"中产阶级自由"其实是假象。除此之外，现在又兴起一股风潮，认为人只能通过极权主义来捍卫民主，此一论调主张：如果热爱民主，就该无所不用其极地粉碎敌人。那么，谁是敌人？所谓的敌人似乎不只是公开或者蓄意抨击民主的人，更包括那些散布错误信条、"在客观层面上"危害民主的人。易言之，捍卫民主意味着摧毁所有独立思考。举例来说，此论调被用来合理化苏联的大清洗，就连极端亲俄人士也不可能完全相信所有受害者皆因其行为有罪，但是这些人支持异端思想，所以"在客观层面上"伤害到了苏维埃政权，因此，将之屠杀、罗织罪名其实非常合理。左派新闻同行处理托洛茨基与西班牙内战中弱势的共和党势力时蓄意扯谎，也同样以此论调来合理化。此外，当莫斯利[①]于一九四三年获释时，这论调再度成了对抗人身保护令的理由。

这些人并不了解，如果我们鼓励极权手段，这些手段最后终会施加在我们身上，如果不加审判便监禁法西斯主义者成了习惯，这样的做法或许就不只会用来对付法西斯主义者。《每日工人报》不再遭受打压后不久，我到伦敦南区的工人学院讲课，台下听众都是来自劳动阶层及中下阶层的知识分子，和左翼图书俱乐部各分会的参与者一样。那堂课谈到新闻自由，结果让我感到惊讶的是，许多发问者起身问我：您不认为解除《每日工人报》禁令是大错特错吗？我问他们为什么，他们表示那是一份忠诚度有问题的报纸，战争期间不用太包容。然而我选择

---

① 莫斯利（Oswald Ernald Mosley，1896—1980），英国极右翼政治家，因组织创立英国法西斯联盟而出名。二〇〇六年被 BBC 评为"二十世纪最可恶的英国人"。

替多次诽谤我的《每日工人报》讲话。不过，这些人是从哪儿学来这种本质上非常具有极权色彩的观念？他们当然是从共产主义者身上学来的！包容与合理性的概念在英格兰根深蒂固，但仍有遭到破坏的可能，且某种程度上还得特地费心去宣扬。鼓吹极权主义信条的结果就是减弱自由人民辨别危险与否的本能，莫斯利的例子足可为鉴。在一九四〇年时，不管莫斯利有没有犯下任何技术罪，软禁他可说是名正言顺。我们当时正为了自己的生命奋战，不能容许卖国嫌犯逍遥法外。但到了一九四三年，不经审判便将他囚禁成了不道德的行为，尽管某些人对于释放莫斯利表示愤慨，其实只是做做样子或者找借口表达对其他事情的不满，但是一般人没有想到这一点并不是件好事。目前风气向法西斯思维靠拢，有多少是受过去十年"反法西斯"风潮及其无所不用其极的手段所影响呢？

我们得了解一件重要的事情，当前的"苏联热"只是西方传统的自由风气低迷所致。如果情报通讯部当时真的介入、坚决反对出版此书，大多数英国知识分子也不会对其行径感到不满。现在的主流做法恰好就是对苏联持毫不批判的忠诚，只要和苏联有利害关系，任何事物皆可进行审查，甚至连蓄意捏造历史都没关系。举个例子来说，作家约翰·里德[1] 曾写过《震撼

---

[1] 约翰·里德（John Reed，1887—1920），美国左翼新闻记者，美国共产党创始人之一。

世界的十天》（*Ten Days that Shook the World*），提供俄国革命早期的第一手材料。他死时，此书版权转入英国共产党手中，他们尽其所能地将原始版本完全销毁，还出了个篡改版，拿掉与托洛茨基有关的部分，删除列宁所写的序。如果英国境内还有激进派知识分子，这种伪造行径早被揭露，并遭到国内各家报纸谴责。然而，目前的批评声浪小到近乎没有，看起来，多数英国知识分子都觉得这种事情很自然。而对明显的欺诈行为如此容忍已经不单单因现在流行崇拜苏联而已，这样的特别风潮很可能不会持续下去，因为我知道，此书出版之时，我对苏维埃政权的看法将会成为主流。但又有何用？主流观念从一个换到另一个不见得就是进步，因为我们真正的敌人是随波逐流、不管对当下思想认不认同都随之起舞的应声虫。

我很熟悉反对思想与言论自由的主张，那些论调声称此种自由不可能也不该存在，但我只想说，那毫无说服力，我们近四百年来的文明就是以思想与言论自由为基础的。大约从十年前起，我便认为苏维埃政权恶远大于善，尽管我们现在是同盟国，而且我很希望能打胜仗，但我还是想要有表达如此意见的权利。如果要我选句话来为自己辩白，我会挑弥尔顿的名言：

遵从古代自由之通则。

"古代"一词表明，知识自由为西方根深蒂固的传统，缺之，我们的文化特色便可能不复存在。许多知识分子显然背离此传统，赞成政治权术凌驾书籍本身的特色、可决定其出版与否及毁誉优劣。对此不以为然的知识分子也单纯因为懦弱而附和，比方说，英国那些为数不少又常直言不讳的和平主义者便不曾大声抨击这种对俄国军国主义的普遍崇拜。在和平主义者的观念里，所有暴力都是丑恶的，不管战争发展到什么阶段，他们老是呼吁我们要让步，或者至少争取妥协之下的和平。可是，他们之中有多少人提过，由红军发动的战争也是丑恶的呢？显然，俄罗斯人有权自卫，而我们做一样的事情就像犯了该死的罪过。对于这种矛盾，只有一种解释，那就是：和平主义者过于懦弱，只想依附在为数众多的知识分子中，而这些人对英国的爱国情操早已转移到苏联身上。我知道英国知识分子之所以胆小、不诚实是有充分理由的，事实上，我对于他们的自我辩解也了然于心。不过，就让我们不要再无意义地为了捍卫自由而反对法西斯主义了吧。如果自由意味着什么，那就是向大众诉说他们不想听的话的权利。现在，一般人对此原则仍算信服，也多少会照着做。在我们国家——不同于其他国家，也不同于共和体制之下的法国以及今日的美国——害怕自由的是自由主义者，污损知识的是知识分子，我写这篇序的目的就是要让大家注意到这个事实。

乌克兰文版序 [1]

　　我受嘱为《动物农庄》乌克兰文版写一篇序言。我很明白我是在为我根本不了解的读者写这篇序言，我也知道他们大概也从来没有丝毫机会了解我。

　　在这篇序言中，他们大概最希望我谈一谈《动物农庄》是怎么起意的，不过我首先要谈一谈我自己和我形成今天的政治态度的经历。

　　我于一九〇三年生于印度。我的父亲是那里的英国行政机构的一名官员。我的家庭是军人、教士、政府官员、教员、律师、医生等这种普通的中产阶级家庭。我是在伊顿受的教育，那是英国公学中最昂贵和最势利的。但是我只是靠奖学金才进去的，否则，我的父亲无力供我上这种类型的学校。

　　我离校以后不久（当时我还不满二十岁）就去了缅甸，参加

---

　　① 　一九四七年三月，奥威尔为乌克兰文版《动物农庄》专门写了一篇序，该版由慕尼黑乌克兰流落异国者组织于同年十一月发行。奥威尔的原稿已不可觅，这里依据的是根据乌克兰文重译回的英文。

印度帝国警察部队。这是一支武装的警察部队，一种宪兵一样的队伍，很像西班牙的国内警卫队或法国的别动队。我在那里服役五年。它不适合我的个性，使我痛恨帝国主义，虽然那时候缅甸的民族主义感情并不十分显著，英国人和缅甸人的关系并不特别坏。一九二七年我回英国休假时辞了职，决定当作家。开始时并没有特别成功。在一九二八年至一九二九年之间，我住在巴黎，写没有人会出版的短篇小说和长篇小说（后来我把它们都销毁了）。在以后几年，我的生活基本上是勉强糊口，过一天算一天，好几次还挨过饿。只是从一九三四年起，我才能够靠写作的收入生活。与此同时，我有时接连好几个月生活在穷人和半犯罪分子中间，他们住在穷人区的最破烂的地方，或者流浪在街上行乞和偷窃。那个时期我因为没有钱才同他们为伍，但到了后来，他们的生活方式本身引起了我极大的兴趣。我花了好几个月（这一次是十分有系统地）研究英国北方矿工的状况。到一九三〇年为止，就整体来说，我并不认为我是个社会主义者。事实上，我当时还没有明确的政治观点。我之所以成为拥护社会主义者主要是出于对产业工人中比较穷困的一部分受到压迫和忽视的情况感到厌恶，而不是出于对计划社会有什么理论上的想望。

我在一九三六年结婚。几乎就在那同一星期，西班牙爆发了内战。我的妻子和我都想到西班牙去为西班牙政府作战。我们一等到我手头在写的书写完，六个月内就做好了准备。我在西班牙的阿拉贡前线待了几乎六个月，一直到在韦斯卡被一个法西斯狙击手打穿了喉咙。

在战争初期，外国人总的来说是不了解各个拥护政府的党派之间的内部斗争的。由于一系列的偶然事件，我没有像大多数外国人那样参加国际纵队，而是参加了 P.O.U.M.[①]的民兵。

因此在一九三七年，共产党得到了对西班牙政府的控制权（或者说部分控制权）并且开始迫害"托派"以后，我们夫妇俩发现自己已属受迫害之列。我们很幸运活着逃出了西班牙，连一次也没有被捕过。我们的许多朋友被枪决，其他的在狱中关了很久，或者干脆失踪了。

西班牙的这些大搜捕是与苏联国内的大清洗同时发生的，可以说是对大清洗的补充。在西班牙和在苏联都是一样，攻击的罪名（即与法西斯分子共谋）是同样的，但就西班牙而论，我有一切理由相信，这些攻击都是莫须有的。这一切经验是一个宝贵的客观教训：它告诉我极权主义的宣传能够多么轻易地控制民主国家开明人民的舆论。

我的妻子和我都看到无辜的人被投入监狱，仅仅因为他们被怀疑有不正统思想。但是，在我们回英国以后，我们发现许多思想开通和消息灵通的观察家们居然相信报界发自莫斯科审

---

① P.O.U.M.，西班牙一小党"马克思主义统一工人党"的缩写。

判现场的关于阴谋、叛国和破坏的荒乎其唐的报道。

因此我也比以前更加清楚地了解了苏联神话对西方社会主义运动的消极影响。

这里，我必须停下来谈一谈我对苏维埃政权的态度。

我从来没有去过俄罗斯，我对它的了解只是通过读书看报得到的。即使我有这力量，也不想干涉苏联内部事务：我不会仅仅因为斯大林和他的同事的野蛮和不民主的手段而谴责他们，很有可能，即使有最好的用心，在当时当地的情况下，他们恐怕也只能如此行事。

但是在另一方面，对我来说，极其重要的是，西欧的人们应该看清楚苏维埃政权的真正面目。自从一九三〇年以后我很少看到有什么证据能够证明苏联是在向我们可以真的称为社会主义的方向前进。相反，我对它转变成为一个等级森严的社会的明显迹象感到吃惊。在这样一个社会里，统治者像其他任何统治阶级一样都不愿意放弃权力。此外，在英国这样一个国家里的工人阶级和知识分子都无法理解今天的苏联已完全不同于一九一七年的它了。这一部分是因为他们不愿意理解（即他们希望相信在什么地方的确有一个真正的社会主义国家存在），一部分是因为他们习惯于公共生活中的比较自由和节制的环境，极权主义是他们完全不能了解的。

但是你必须记住，英国并不是完全民主的。它也是一个资本主义国家，存在着极大的阶级特权和（即使在现在，在一场可能使人人平等的战争之后）极大的贫富悬殊。但是尽管如此，它还是一个人民生活了好几百年而没有发生内战的国家，法律相对来说是公正的，官方的新闻和统计数字几乎可以一概信任，最后，但同样重要的是，持有和发表少数派意见并不会带来生命的危险。在这样的气氛中，像集中营、大规模强制迁移、未经审判就逮捕、新闻检查等事情，普通人是没有真正了解的。他所读到的关于苏联这种国家的报道都自动地化为英国概念了，他很天真地接受了极权主义宣传的谎言。到一九三九年为止，甚至在此以后，大多数英国人不能认识德国纳粹政权的真正性质，而现在，对苏维埃政权，他们在很大程度上仍处在同样一种幻觉的下面。

这对英国的社会主义运动造成很大的危害，对英国的外交政策产生了严重的后果。的确，在我看来，没有任何东西像认为俄罗斯是一个社会主义国家、认为它的统治者的每一行动即使不加模仿也必须予以辩解的这种信念那样，对社会主义的原来思想造成更大的腐蚀。

因此在过去的十年中，我一直坚信，如果我们要振兴社会主义运动，打破苏联神话是必要的。

我从西班牙回来后，就想用一个故事来揭露苏联神话，它要能够为几乎每个人所容易了解而又可以容易地译成其他语言。

但是这个故事的实际细节在相当时期内一直没有在我的脑海中形成，后来终于有一天（我当时住在乡间一个小村庄里）我看到一个小男孩，大概十岁，赶着一匹拉车的大马在一条狭窄的小道上走，那匹马一想转弯，那男孩就用鞭子抽它。这使我想起，如果这些牲口知道它们自己的力量，我们就无法控制它们，人类剥削牲口就像富人剥削无产阶级一样。

于是我着手从动物的观点来分析。对于它们来说，显然人类之间阶级斗争的概念纯粹是错觉，因为一等到有必要剥削牲口时，所有的人都联合起来对付它们：真正的斗争是在牲口和人之间。从这一点出发，就不难构思故事了。但我一直没有动手，到了一九四三年才写，因为我一直在做其他工作，没有余暇。最后，我把有些大事，如德黑兰会议，包括了进去，我在写作时，会议正在开。这样，这个故事的主要轮廓在我脑中存在了六年之久我才实际开始写作。

我不想对这部作品发表意见，如果它不能自己说明问题，那它就是失败之作。但是我想强调两点：第一，虽然有些情节取自俄国革命的真实历史，但它们是做了约缩处理的，它们的年代次序做了颠倒，这是故事的完整化所必需的。第二点是大多数批评家所忽视的，可能是因为我没有予以足够强调。许多读者在读完本书之后可能有这样的印象：它以猪和人的完全修好收场。这不是我的原意，相反，我原来是要在一种很不和谐的高音符上结束，因为我是在德黑兰会议以后马上写的，大家当时都认为该会议为苏联和西方建立了可能范围内最好的关系。我个人并不认为这种良好关系会维持很久，而事实证明，我没有错到哪里去……

董乐山　译

第一章

　　天色已晚，曼诺农庄的主人琼斯先生锁了鸡舍大门，却醉得忘记关上给鸡走的小洞。他跟跟跄跄地走过院子，手中的提灯闪耀着一圈光环，晃来晃去就像在跳舞。琼斯先生在后门口甩掉脚上的靴子，又从贮物室的酒桶里装了最后一杯啤酒，喝了才上床。此时，床上的琼斯太太早已鼾声大作。

　　卧室的灯一熄灭，农庄内的仓舍旋即一阵骚动。得过中等白猪奖的老少校前一晚做了个怪梦，他想与其他动物分享梦境内容。白天消息便已传开，大家一致同意在确定琼斯先生离开后于大谷仓集合。动物们口中的老少校，当初出展时其实被取名为"威灵顿美豚"。他在农庄里德高望重，大家都很愿意牺牲一小时睡眠时间来听他讲话。

谷仓一端是高高凸起的平台，上面铺着一层稻草，老少校早已安坐在那里，头顶上的屋梁悬着一盏灯。十二岁的老少校虽然近来身形愈显富态，但仍是头仪表堂堂的猪，即使獠牙从未修过，看起来还是非常睿智、仁慈。没多久，动物们陆续到来，各自找了个舒服的地方坐下。最先到的是蓝铃、洁西跟品契尔这三条狗，接着是猪群，他们在平台前的稻草堆中直接坐下。母鸡卧在窗台上，鸽子拍动翅膀飞到橡木上，羊和牛则卧在猪身后，反刍着食物。拳击手和幸运草这两匹拉车马一同前来，他们走得很慢，每次放下毛茸茸的大蹄子时都非常小心，生怕稻草堆里藏有什么小动物。幸运草是匹慈祥的母马，近中年的她体形肥胖，往日的身形在生下第四胎后已不复见。拳击手是头巨兽，个头将近两米，气力是一般马的两倍，脸上的白色条纹一直延伸到鼻头，看起来有点蠢。事实上，拳击手的脑袋也的确称不上一流，但他性格沉稳，工作时精力充沛，因而博得了其他动物的尊敬。马到了以后，白羊穆里儿与驴子班杰明接着现身。班杰明是农庄里年纪最长的动物，脾气也最坏，他很少说话，只要一开口就是在愤世嫉俗。比方他会说，上帝给了他一条尾巴赶苍蝇，但他宁愿不要有尾巴也不要有苍蝇。在农庄里，班杰明是唯一不笑的动物，有动物问他为什么不笑，他就会说没什么好笑的。不过，虽然没有公开承认，但班杰明很喜欢拳击手，他俩常常一起在果园那边的小牧场度过周日，彼此肩并着肩吃草，不发一语地消磨时光。

两匹马趴在地上后，一群没了妈妈的小鸭子鱼贯进入谷仓，一边发出微弱的嘎嘎声，一边四处移动想找个不会被踩到的地方。幸运草于是弓起粗壮的前腿形成一道墙，小鸭子舒适地坐在其中，很快进入了梦乡。愚笨但漂亮的白色母马莫莉平常都帮琼斯先生拉车，她在最后一刻才嚼着糖块踩着优雅的碎步翩翩驾到。莫莉选了个比较前面的位置，她甩动起白色鬃毛，想让其他动物注意到系在上面的红缎带。猫是最后一个抵达的动物，一来就如往常般到处寻找最温暖的位置，最后紧窝在拳击手和幸运草中间，老少校在演讲的时候她半个字都没听进去，只顾着满足地呼噜叫。

所有动物都到齐了，独缺被琼斯先生当宠物养的乌鸦摩西，他在后门栖木上睡觉。老少校看大家都已舒服地坐好并专心等待演讲开始，便清清喉咙说：

"同志们，你们已经知道我昨晚做了个怪梦，但这个梦我稍后再提，有件事我想先说一下。同志们，我能和你们相处的日子只剩下几个月了，在死之前，我认为自己有责任将经年累月得来的智慧传授给你们。我这辈子活得够长了，独自在猪圈时，我有很多时间思考，我想，我和所有活着的动物一样，都体悟到了生命的本质，这就是我想跟你们谈的事情。

"同志们，我现在要问的是：活着的意义是什么？让我们面对现实吧，我们的一生既悲惨又辛劳，而且稍纵即逝。出生之后，我们每天所得到的食物只够满足身体基本需求。我们当中较有力气的总是被迫为工作竭尽精力，一旦我们不再有用处，马上就会遭到残忍屠杀。英格兰所有动物在满周岁后都忘了什么是快乐或悠闲。在英格兰，没有一只动物是自由的，动物的生活等于悲惨与苦役，事实摆明了就是如此。

"但这真是自然法则吗？是不是因为我们居住的土地过于贫瘠，所以这里的动物无法过舒适的生活？不是这样的，同志们，绝对不是！英格兰的土壤肥沃，气候良好，因此物产丰饶，养活现在居住于此的动物绰绰有余，就算有更多的动物也不成问题。光我们这个农庄就能养十二匹马、二十头牛和几百只羊，而且他们的生活会超乎我们想象地舒适、有尊严。那么，为什么我们还是过得这么悲惨呢？那是因为我们劳动生产的成果几乎都被人类窃占了。同志们，我们所有的问题有一个共同的答案，这答案能用一个字眼来简单说明——人类。人类是唯一真正的敌人，只要把人类赶走，饥饿、过劳等问题就能从根本上得到解决，不再出现。

"人类是唯一只消费而不事生产的家伙，他们不产乳、不下蛋，力气太小无法拉犁，跑得不够快不能抓兔子，却是所有动物的统治者。人类驱役动物，只给他们仅够止饥的稀少粮秣作为回报，自己却占走大部分食物。我们付出劳力耕地，以粪便肥沃土壤，换得的却只是这身皮囊。你们这群坐在我面前的乳牛去年产奶量有几千加仑①？这些本该用来喂养健壮小牛的牛奶到哪去了？它们一点一滴都流进我们敌人的喉咙里。还有你们

---

① 1加仑在英国约为4.546升，在美国约为3.785升。

这些母鸡，去年下了多少颗蛋？其中有多少孵化成小鸡？其他全被拿到市场卖，为琼斯跟其他人增添收入。还有你，幸运草，你生的四匹小马在哪里？他们原本是你晚年的依靠与慰藉，但是都在一岁的时候就被卖掉，你以后也无法再见到他们。你四次怀胎而且在田里辛勤工作，但是除了稀少的食物跟一间马厩还得到什么了吗？

"此外，过着悲惨生活的我们也没办法寿终正寝。我自己是不会有怨言，因为我够幸运的了。我现在十二岁，有四百多头后代，这样的生活对一头猪来说再自然不过。但是没有一只动物逃得过残忍的最后一刀。你们这群坐在我面前的年轻肉猪，一年内全会在屠刀下惨叫丧生。我们都得面对这份恐惧——牛、猪、鸡、羊，每只动物皆然，马和狗也不会有比较好的下场。你，拳击手，琼斯会在你气力用尽那天把你卖给屠马者，让他割断你的喉咙，把你煮了给猎狐犬吃。至于狗，当他们老了、牙齿掉光了，琼斯会在他们脖子上绑一块砖，在附近的池塘淹死他们。

"同志们，这样还不够清楚吗？我们生活中所有的不幸都来自人类的暴虐。唯有赶走人类，我们劳作的成果才会归我们所有，可以说在一夜之间，我们就能成为富有、自由的动物。那么，我们该怎么做呢？没错，我们要夜以继日地奋斗，投注所有的心力，只求推翻人类！这就是我要传达给你们的讯息，同志们，造反！我不知道造反什么时候会开始，也许一周之内，或者百年之间，但是我知道正义迟早会到来，我非常确定，就像我看得到脚下的稻草一般。同志们，用你们剩下的短暂生命好好看着！还有，最重要的是，将我的讯息传达给你们的后代，这样他们才会持续地奋斗下去，直到成功为止。

"还有，同志们，要记住，你们的决心绝对不能动摇，绝不能被任何论点导向歧途，绝不要听信人类跟动物有共同利益、彼此共荣这种话，这些都是谎言。人类只会追求自己的利益，不顾其他生物。在这场造反中，我们动物要彼此紧密团结、合作无间。所有人类都是敌人，所有动物都是同志。"

此时谷仓内一阵哗然，老少校在演讲时，四只大老鼠从洞里爬出来，蹲坐着听他演讲。那些狗意外发现这些老鼠，结果老鼠们一转眼就钻进洞里保住了小命。老少校举起蹄子要大家

安静：

"同志们，"他说，"这里有个问题必须厘清。像是老鼠、兔子这类野生动物，算是我们的朋友还是敌人？让我们投票表决吧，我在此聚会中提出这个问题：老鼠是同志吗？"

表决立即展开，绝大多数动物都同意将老鼠当作同志，只有三条狗及一只猫投下四张反对票，后来大家才发现他们其实两边都投。老少校继续说道：

"我还有一些话要讲，且容我重申，永远记住要敌视人类及其所作所为，这是你们的责任。以两只脚走路的都是敌人，以四只脚走路或是有翅膀的都是朋友。还有，你们也要记住，**在对抗人类时不可愈来愈像人类**，就算你们打倒他们了也不能染上他们的恶习。所有动物都不能住在屋子里、睡在床上、穿衣服、喝酒、抽烟、碰钱或者做买卖。人类所有的习惯都是有害的，最重要的是，动物不准欺压同类，不管是强是弱、聪明或笨拙，我们都情同兄弟。动物不准杀害其他动物，所有动物一律平等。

"现在，同志们，我要跟你们说我昨晚所做的梦，我实在不知如何描述，这个梦是关于人类消失以后的世界，而且让我想起一件早已遗忘的事情。许多年前，当我还是头小猪时，我的母亲跟其他母猪唱过一首老歌，但她们只记得旋律和开头三个字。我从还是小猪的时候就知道这旋律了，但它有好长一段时间不曾在我脑海浮现。昨晚，这旋律在我的梦中再度响起，连歌词也一并浮现。我敢肯定，这些歌词曾在很久以前的动物口中传唱，但好几世代以来已为大家所遗忘。同志们，我现在就为你们唱这首歌，我老了，嗓子哑了，但是我教你们怎么唱以后，你们可以唱得更好听。这首歌叫作《英格兰之兽》。"

老少校清了清喉咙，唱起歌来。他的嗓子就像他说的一样沙哑，但唱得算是不错，这首歌的旋律激昂，大概介于《克莱门泰》(*Clementine*) 跟《蟑螂歌》(*La Cucuracha*) ① 之间。歌词如下：

> 英格兰之兽，爱尔兰之兽，
> 万国众地之兽，
> 听我悦人音信，
> 大好未来良佳讯。
>
> 那天迟早会到来，
> 人类暴政终垮台，
> 丰饶土地英格兰，
> 只见众兽足迹踩。

---

① 两首歌皆为西方民谣，前者旋律缓慢，后者轻快。

鼻头环钩不复见，

背上挽具不再佩，

口衔靴刺永蒙锈，

无情长鞭绝咻鸣。

超乎想象之富饶，

小麦与大麦，燕麦与干草，

苜蓿、豆类与甜菜，

届时吾等囊中饱。

明光普照英格兰，

水更纯，

风更清，

解放时日之情景。

为了这天须努力，

为求成功死不计，

乳牛及马，鹅及火鸡，

皆为自由尽心力。

英格兰之兽，爱尔兰之兽，

万国众地之兽，

用心倾听，传我音信，

大好未来将来临。

　　这首歌让动物们无比激动，老少校还有一小段没唱完，他们就自顾自哼起来了。即使最笨的动物也已经记得旋律和零星歌词，至于猪和狗这些比较聪明的动物，几分钟内已将整首歌默记在心。大家演练了几次后齐声高唱，完美的合唱声响遍农庄，牛哞狗吠，羊啼马嘶，鸭子嘎嘎应和。他们非常喜欢这首歌，从头到尾连续唱了五遍，要不是被打断，搞不好会唱上一整晚。

　　可惜的是，这场骚动吵醒了琼斯先生，他从床上一跃而下，以为院子里有狐狸，因此抓起总是搁在卧室角落的枪，一发六号子弹旋即射入黑暗之中，子弹散粒钻进谷仓墙，聚会因而匆匆解散。动物们纷纷溜回自己睡觉的地方，家禽跳上枝头，家畜俯卧稻草之中，没多久，所有动物都进入了梦乡。

第二章

　　过了三晚，老少校在睡梦中安详去世，遗体葬在果园一隅，靠近山脚处。

　　这时候是三月初，接下来的三个月里，农庄内进行着一场极为机密的行动。老少校一席话让较有智慧的动物对活着产生了崭新的看法，他们不知道老少校预言的造反何时来临，也没理由认为自己在有生之年看得到，但他们清楚自己有责任为造反做准备。教导、组织其他动物的任务自然落在猪的身上，大家都认为他们是最聪明的动物。在猪群中，最有本事的要属雪球和拿破仑这两头琼斯先生原本打算养了卖的年轻种猪。拿破仑是农庄内唯一一头伯克夏种猪，身形巨大、长相凶残、不擅言辞，而且大家都知道他喜欢为所欲为。与拿破仑相比，雪球显得较为活泼，他口齿伶俐、见解独到，但个人色彩没有拿破仑鲜明。农庄内其他猪都是肉猪，其中最有名的是名为尖叫者的小胖猪，他脸颊丰满、双眼闪烁、动作灵巧且声音尖锐。尖叫者能言善道，在争辩一些棘手的议题时，总习惯跳来蹦去并甩动尾巴，这动作莫名地具有说服力。其他动物都说尖叫者能把黑的说成白的。

这三头猪将老少校的教诲仔细整理成一套完整的思想系统，称之为动物主义。他们一周总会花上好几晚的时间，趁琼斯先生入睡时在谷仓内举行秘密聚会，向其他动物阐述动物主义的信条。刚开始动物们不是听不懂就是没兴趣，有些动物会大谈对琼斯先生应有的忠诚，或者把话题转到基本面上，例如"琼斯先生喂养我们，如果他不见了，我们会饿死"。对他们来说，琼斯先生是"主人"。有些动物会问其他问题，像是："我们为什么要去管死后才会发生的事情？"或者："如果造反一定会发生，我们出力与否有什么差别？"猪们实在难以让他们了解这跟动物主义的精神相

悖。其中最愚蠢的问题出自白色母马莫莉之口，她问雪球的第一个问题是："造反以后还会有糖吃吗？"

"不会，"雪球肯定地说，"农庄里没有制糖机器。但是你到时也不需要糖了，你可以随意享用所有的燕麦和干草。"

"那我还可以在鬃毛上绑红缎带吗？"莫莉问。

"同志，"雪球说，"你所着迷的缎带是奴役的象征，你难道不了解自由比缎带更可贵吗？"

莫莉表示同意，但听起来不太服气。

琼斯先生养了只特殊的宠物，那就是乌鸦摩西，他是间谍，喜欢四处造谣，而且能言善道，对猪群来说，摩西所散布的不实说法更难处理。

他声称有个神秘的地方叫糖果山，动物们死后会全去那里。他说，糖果山在天上云间，山中一周天天都是星期天，苜蓿一年四季皆可见，篱笆还会长出糖块和亚麻仁饼。摩西只会讲故事从不做事，动物们都很讨厌他。但有些动物却相信糖果山的确存在，所以猪们得费尽唇舌让他们明白世界上没有这样的地方。

猪们最忠诚的信徒是拳击手与幸运草这两匹

拉车马，他们非常拙于思考，在将猪视为导师之后，便全盘接受他们的一切想法，并以简单的用语转述给其他动物听。这两匹马按时出席谷仓密会，还带头唱聚会末尾必唱的《英格兰之兽》。

从结果来看，造反从开始到成功的过程既快又轻松，出乎大家预料。过去几年来，虽然琼斯先生一直是个苛刻的主人，但也是名能干的农夫。可是这阵子却在走霉运，自从官司打输赔了一笔钱后，琼斯先生灰心丧志、常常酗酒。他会一连几天窝在厨房的高背木椅上看报纸、喝酒，有时还拿蘸过啤酒的面

包屑喂摩西。他的手下既懒散又不诚实，农田里满是杂草，仓舍屋顶年久失修，篱笆乏人整理，动物们未能饱食。

　　到了六月，即将进入干草收割期。今年仲夏夜为星期六，琼斯先生在威灵顿的红狮酒吧喝得酩酊大醉，隔天中午才回到农庄。他的手下一大早替牛挤过奶就出门猎兔去了，完全忘记要喂动物。琼斯先生回到家便睡倒在客厅沙发上，脸上还盖着《世界新闻报》。动物们一直到晚上都没进食，最后受不了了，有头牛用角撞开贮粮库大门，大家冲进去各自找食物吃。说时迟那时快，琼斯先生突然惊醒，他和四名手下赶到贮粮库，手持皮鞭四处乱抽。饥饿的动物忍无可忍，在没有事先计划的情况下不约而同地扑向施虐者。来自四面八方的头顶脚踢让琼斯及其手下意识到局面已经失控，他们从没见过动物这样子，过去任人鞭打虐待的牲畜转眼发狂，吓得这群人魂不附体。没多久，他们放弃抵抗，拔腿就逃，沿着车道飞奔至大马路上，动物们得意扬扬地在后头追赶。

琼斯太太从卧室窗户向外望，看见底下发生的事情，急忙将一些家当往手提袋里塞，从另一条路仓皇逃离农庄。而摩西则大声地呱呱叫着，拍动翅膀飞离栖木跟在她身后。此时，动物们将琼斯及其手下驱逐至大马路上，一把甩上栅门。就这样，在他们回过神之前，造反便已成功。琼斯被赶走了，农庄属于

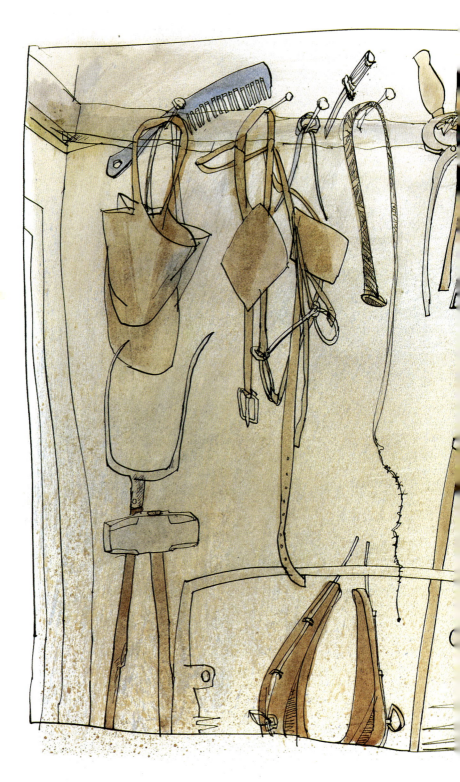

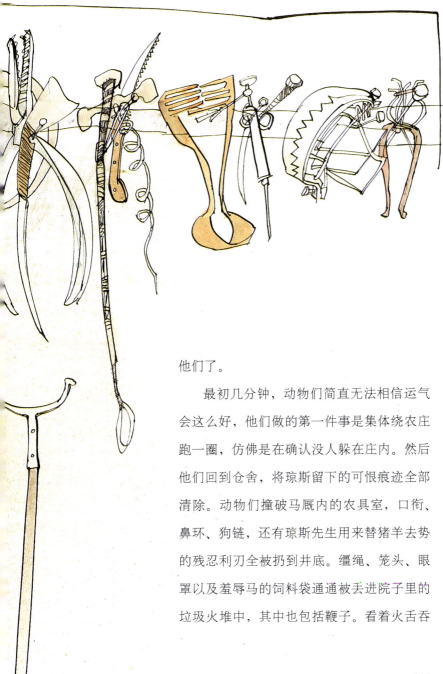

他们了。

最初几分钟，动物们简直无法相信运气会这么好，他们做的第一件事是集体绕农庄跑一圈，仿佛是在确认没人躲在庄内。然后他们回到仓舍，将琼斯留下的可恨痕迹全部清除。动物们撞破马厩内的农具室，口衔、鼻环、狗链，还有琼斯先生用来替猪羊去势的残忍利刃全被扔到井底。缰绳、笼头、眼罩以及羞辱马的饲料袋通通被丢进院子里的垃圾火堆中，其中也包括鞭子。看着火舌吞没鞭子，动物们欢呼雀跃。琼斯在市集日总会在马儿的鬃毛及尾巴上系上缎带，这些也被雪球一并扔进火里。

雪球说："我们应该将缎带看作衣服，这是人类的象征，所有动物都该光着身子。"

听了雪球这么讲，拳击手咬起夏天戴的用来防止苍蝇在耳边乱飞的小草帽，抛进火里一起烧了。

不一会儿，动物们摧毁了所有和琼斯先生有关的东西。拿破仑带领大家回到贮粮库，发给他们两倍的谷物，每条狗也分到两块饼干。接着他们唱起《英格兰之兽》，从头到尾一共唱了七遍。随后天色已晚，大家稍作休息便进入梦乡，睡了场前所未有的好觉。

不过，动物们依旧在黎明时醒来，猛然想起昨天的光荣事迹，全都往牧场跑。牧场附近有座小山丘能眺望整座农庄，大伙儿冲到那上面，在清澈的晨光中俯视四周。没错，农庄是他们的了，从这里举目所及皆为他们所有！这念头让动物们欣喜若狂地蹦来蹦去，兴奋得一跳就跳到半空中。动物们在露湿草地上打滚，满口香甜的夏日青草，还一脚踢起黑色土壤，嗅闻浓郁的土香。然后，他们在农庄各处巡视，看着耕地、草地、果园、水塘和树丛，惊叹得说不出话来，仿佛从未见过眼前景象。直到现在，动物们都还不敢相信，这些已全归自己所有。

动物们鱼贯打道回府，在农舍大门前默立良久，这里也属于他们了，但他们不敢进去。过了一会儿，雪球和拿破仑用肩膀撞开大门，让动物们逐一入内，大家小心翼翼，生怕惊动什么似的蹑手蹑脚察看每个房间，说起话来也轻声细语，大家带着敬畏的眼神凝视如此难以置信的气派，映入眼帘的有羽绒床铺、镜子、马鬃沙发、布鲁塞尔地毯以及客厅壁炉上端的维多利亚女王石版画像。下楼时，大家发现莫莉不见踪影，回头一找，才发现她待在最奢华的卧室里。莫莉从琼斯太太的梳妆台上衔来一条蓝色缎带搁在肩上，站到镜子前顾影弄姿，举止十分愚蠢。其他动物厉声斥责她，然后便一起离开卧室。厨房里挂了几串火腿，动物们全拿出去埋了，贮物室内的酒桶也被拳击手的蹄子踹破一个洞，除此之外，屋内其他东西都没被动过。动物们当场无异议通过，保留农舍作为博物馆，而且任何动物都不准住在这里。

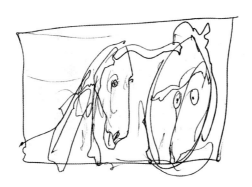

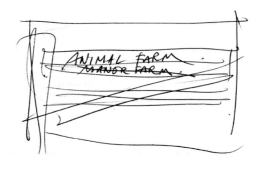

吃完了早餐，雪球和拿破仑把动物们叫到跟前。

"同志们，"雪球说，"现在是六点半，接下来将是漫长的一天，我们要收割干草，但在这之前还有一件事情得先处理。"

猪表示，他们从垃圾堆中捡来一本老旧的识字练习簿，是琼斯的小孩不要的，这成了猪们过去三个月来学习阅读写字的工具。拿破仑要动物拿来黑色和白色油漆，然后带领大家到通往大马路的栅门前。雪球（因为他最会写字）前蹄拿起刷子，涂掉栅门最上方横木上的"曼诺农庄"几个大字，改成"动物农庄"，作为这座农庄今后的名称。完成后，他们回到仓舍，雪球与拿破仑要动物搬来梯子，靠在大谷仓墙边。他们解释说，根据过去三个月的钻研，猪群成功地将动物主义的原则归纳成七戒，这七戒现在要写在墙上，当作动物农庄内所有动物必须遵从的不变律法。雪球费了一番功夫（因为要猪在梯子上保持平衡是件难事）才爬上梯子开始作业，尖叫者则在雪球下方托着油漆罐。在涂满沥青的墙壁上，雪球以斗大的白色字体写下七戒，就算在三十码外都看得见。此七戒为：

七　戒

一、双足行走者皆为敌人。

二、四足行走或者有翅膀者皆为朋友。

三、不可穿衣。

1. WHATEVER GOES UPON TWO LEGS IS AN ENEMY.

2. WHATEVER GOES UPON FOUR LEGS, OR HAS WINGS IS A FR

3. NO ANIMAL SHALL WEAR CLOTHES.

4. NO ANIMAL SHALL SLEEP IN A BED.

5. NO ANIMAL SHALL DRINK ALCOHOL.

6. NO ANIMAL SHALL KILL ANY OTHER ANIMAL.

7. ALL ANIMALS ARE EQUAL.

四、不可睡于床上。

五、不可饮酒。

六、不可杀害其他同类。

七、动物一律平等。

　　墙上字迹工整，只是"friend"（朋友）写成了"freind"，还有字母"s"笔画错误，除此之外都正确无误。雪球为其他动物大声念出七戒，大家点头如捣蒜，完全同意这些内容，比较聪明的动物更立刻将这些戒律默记下来。

"现在，同志们，"雪球丢下刷子高喊着，"到干草地去吧！我们要收割得比琼斯和他的手下快，就当作是种成就。"

　　就在此时，三头早已感到不适的牛放声哞叫，已有一整天没人帮她们挤奶了，她们的乳房饱胀欲裂。猪们想了一会儿，

要其他动物取来桶，由猪动手，相当顺利地为牛挤出奶来，他们的蹄子很能适应这种差事。没过多久，猪挤出了五桶还带着泡沫的鲜奶，吸引了许多动物带有几分觊觎的目光。

"这些牛奶该怎么处理？"有只动物问道。

"琼斯有时会加一些在我们的饲料里。"一只母鸡说。

"同志们，不要管这些牛奶！"拿破仑站在五桶牛奶前面叫道，"有动物会负责处理的，收割干草比较重要，雪球同志会带路，我几分钟后就到。同志们，前进！干草在等着我们。"

于是动物们成群结队走向干草地，展开收割工作。晚上他们回到仓舍时，却发现牛奶已经消失了。

第三章

　　动物们是多么辛勤地在收割干草啊！一切努力都是值得的，收成比预期还可观。

　　工作有时比较费劲，毕竟那些农具是设计给人用的，而非动物。最让动物们伤脑筋的是，没有动物能使用靠两只后脚站立来操作的工具。然而，在面对难题时，聪明的猪总能找出解决之道。至于那些马，他们对于田里的事情了如指掌，事实上，还比琼斯及其手下更清楚割草耙地的要诀。猪其实不用工作，主要负责指挥监督其他动物，他们学识较为渊博，理当成为领导人物。拳击手和幸运草则负责拉割草机或者拉耙（现在当然不需要口衔、马缰了），步伐平稳地在田里来回作业，身旁还会有只猪随行，视情况喊着"同志，前进！"或者"同志，后退！"。

所有动物不分尊卑全都一起收集干草，就连母鸡和鸭也用嘴衔，在太阳底下来回运送。最后，收割完毕，他们的速度整整比琼斯先生及其手下快了两天！而且这还是农庄历年来收成最丰硕的一次。因为母鸡与鸭眼力敏锐，一根干草都不放过，所以田里没有半点漏收。此外，动物们也不敢偷吃这些干草半口。

那年夏天，动物们按时处理各项农事，像这种幸福日子，他们以前想都没想过。每口食物皆带来无比欢愉，因为这真真正正是自己的食物了。他们自给自足，无须吝啬的主人施舍。寄生虫般的无用人类遭到驱逐后，大家得到了更多食物，空闲时间也增加了，这是动物们从未有过的体验。但他们也碰到许多困难，比方说，由于农庄内没有打谷机，所以在年底采收完谷物后，动物们得依循古法踩踏谷子，再吹走谷壳。碰到麻烦时，足智多谋的猪和力大无穷的拳击手总能带大家渡过难关。拳击手是所有动物仰慕的对象，他在琼斯还在时就很勤奋，现在更

是能完成三匹马的工作，有时还一肩扛下所有差事。拳击手从早到晚推这拉那，最棘手的部分总是由他处理，他还要一只小公鸡每天早半小时叫醒他，因为他自愿在每天工作开始前完成一些亟待处理的事情。每次碰到问题或挫折，他的回答都是"我要更努力"，这句话俨然成为他的座右铭了。

　　每只动物各展其才，像母鸡和鸭就帮忙拾回五蒲式

耳①的谷子，大家不偷也不对配给量有所抱怨，以往司空见惯的争吵、互咬和嫉妒几乎消失，而且动物们无一（或者该说鲜少）偷懒。不过，有的动物就是贪图安逸，莫莉不善于早起，还会拿石头卡在蹄子里当借口提早结束工作。猫的举止也有点诡异，大家发现一有工作猫就不见踪影。她会索性失踪几小时，用餐时段或者晚上工作结束后才若无其事地现身。但她总有很棒的借口，配上轻柔的呜叫声，让动物们不得不相信她动机纯良。老班杰明这头驴子在造反之后似乎没多大改变，他还是跟琼斯时代一样，做事缓慢而固执，虽不偷懒但也不会自愿多负责一些事情。他对于造反及其结果不予置评，如果有动物问他，琼斯走了是否觉得比较开心，他只会回答说："驴子寿命很长，你们都没看过死驴子吧。"而其他动物也只能接受这种隐晦的答案。

星期天不用工作，早餐比平常晚一小时，用餐后还有个每周都会进行的仪式。首先是升旗，雪球在农具室找到一块琼斯太太的绿色旧桌布，他拿来当作旗子，在上面画上白色的蹄子和角，每周日早晨在农庄

① 1蒲式耳在英国约合36.368升，在美国约合35.238升。

院内的旗杆上升起。雪球向大家解释，绿色旗子代表英格兰的绿色大地，蹄和角象征推翻人类后所成立的动物共和国。升旗仪式过后，动物们一起进入谷仓集合，称之为聚会，目的在于规划未来一周的工作以及提出建议事项并进行辩论。提出意见的都是猪，其他动物虽然晓得怎么投票，但想不出什么建议。

辩论过程中，雪球和拿破仑的表现最为活跃，不过，大家发现他们总是不认同对方，彼此意见相左。就算是已经决定好的事情，像是把果园后面那片小牧场留作年老动物颐养天年的场地，这种提议大家都不会反对，但他们还是能针对各种动物的适当退休年龄展开激烈辩论。聚会总以《英格兰之兽》作结，下午则让大家休息。

猪将农具室独立出来作为总部，还从农舍找来各类书籍，内容包括锻冶、木工及其他必备技术，晚上就在这里研读。雪球更忙着为动物组织各种委员会，并且乐此不疲，除了安排阅读及写字课程，他为母鸡成立鸡蛋生产委员会，替牛创办尾巴清洁联盟，还专门为了驯化老鼠与野兔创设野生同志再教育委员会，此外还有绵羊专属的白净羊毛运动及其他更多各种不同的组织。但是，整体而言，这些规划都不见成效。举例来说，驯化野生动物这项行动几乎是立即失败。野生动物依然故我，还得了便宜就卖乖。猫也是再教育委员会的成员，有几天表现很活跃。某天，其他动物看到她坐在屋顶，对着伸掌不及的麻雀说，所有动物现在都是同志，只要愿意，任何麻雀都可以在她爪子上栖息，不过麻雀依然离得远远的。

阅读及写字课程倒是成效卓著，农庄内的动物几乎都在入秋前多少认识了一些字。

猪早就善于阅读写字。狗阅读学得很不错，可是只对阅读七戒感兴趣。白羊穆里儿的阅读能力比狗好一点，有时会从垃圾堆中找来破报纸，在晚上念给其他动物听。班杰明的阅读能力和猪一样优秀，但从不善用这种能力，他说，据他所知，没什么值得一读的东西。幸运草把所有字母都学会了，但是把字母拼成字却是个难题。拳击手只学到D，他会用大蹄子在地上写出 A、B、C、D，然后竖起耳朵站在原地盯着字母看，时而耸耸额毛，绞尽脑汁想记起接下来是哪个字母，但每次都是白费功夫。事实上，拳击手有好几次都把E、F、G、H学会了，但是记住这四个字母却忘掉 A、B、C、D。最后，他决定对只会前四个字母感到满足，还习惯每天练习写一两次来加强记忆。莫莉除了拼出自己名字的六个字母外，其他什么都不想学，她常常用树枝工整地排出自己的名字，拿一两朵花来装饰，接着绕着自己的名字不停赞美。

农庄其他动物顶多只能记住A这个字母，而羊、母鸡跟鸭之类较为愚笨的动物连七戒都记不牢。雪球左思右想，宣布七戒一言以蔽之，即"四足善，双足恶"。他说，这包含了动物主义的精髓，只要完全参透就能免受人类影响。鸟儿们起初持反对意见，因为他们也算在双足这边，但雪球向他们证明事实并非如此。

FOUR LEGS GOOD
TWO LEGS BA[D]

1. WHATEVER GOES UPON TWO LEGS IS AN ENEMY.
2. WHATEVER GOES UPON FOUR LEGS, OR HAS WINGS, IS A [FRIEND.]
3. NO ANIMAL SHALL WEAR CLOTHES.
4. NO ANIMAL SHALL SLEEP IN A BED.
5. NO ANIMAL SHALL DRINK ALCOHOL.
6. NO ANIMAL SHALL KILL ANY OTHER ANIMAL.
7. ALL ANIMALS ARE EQUAL.

"同志们，"他表示，"鸟的翅膀是飞行器官，而非操作事物的工具，所以应视为脚。人类最明显的特征是手，万恶皆源于此。"

　　鸟儿们虽然搞不懂雪球的长篇大论，但还是接受这番解释，于是，动物们都很认真地想将新格言默背下来。"四足善，双足恶"也写在谷仓墙上，位置就在七戒上方，字体也比较大。羊群记牢这句格言后爱不释口，躺在田野上时经常一齐咩咩叫着"四足善，双足恶""四足善，双足恶"，一叫就是好几个小时，从不厌倦。

拿破仑对于雪球组织的委员会兴趣不足，比起为成年动物所做的一切，他认为教育年青的一代更为重要。收割完干草没多久，洁西跟蓝铃正好产下九只健壮的小狗，小狗一断奶就被拿破仑带走，说是要教育他们。他将狗儿安置在阁楼，那是一个得从农具室搭梯子才能上去的地方。小狗待在这么隐秘的空间，其他动物没多久便忘了他们的存在。

牛奶消失之谜不久便真相大白，原来被掺进猪群每天的饲料里了。青涩的苹果现已成熟，被风吹落在果园草地上。动物们认为照例该均分这些苹果，可是有天一道命令下来，要大家把被风吹落的苹果都送到农具室供猪食用。有些动物感到不满，却也于事无补，因为所有猪皆无异议，就连雪球和拿破仑也是如此，他们还要尖叫者去向其他动物做些必要的解释。

"同志们，"尖叫者喊道，"希望你们不要以为我们这些猪这么做很自私自利，很多猪其实不喜欢牛奶跟苹果，我就是如此，我们只是想要靠这些食物保持健康。牛奶跟苹果（同志们，科学证明）含有健康猪不可或缺的重要养分。我们这些猪成天动脑，负责整座农庄的管理与组织，不分日夜捍卫各位的福利，所以，我们是为了你们才喝牛奶、吃苹果的。如果我们没办法工作，你们知道会发生什么事吗？琼斯会回来！没错，琼斯会回来！同志们，事实就是如此。"尖叫者跳来蹦去、甩动尾巴，近乎恳求地呐喊着："你们都不想让琼斯回来，对吧？"

现在，如果要说有什么事情是动物们百分之百肯定的，那就是他们不希望琼斯回来。这番言论让他们无话可说，保持猪的健康很明显是件重要大事。也因此，大家不再争论，同意将牛奶及被风吹落的苹果（以及绝大部分成熟后采下的苹果）都留给猪食用。

第四章

夏天接近尾声时，动物农庄所发生的事情已经传遍半个威灵顿。雪球和拿破仑每天派鸽子到邻近农庄去和那里的动物往来，借机宣传造反事迹并教他们唱《英格兰之兽》。

这些日子里，琼斯先生大多待在威灵顿的红狮酒吧，逢人便抱怨自己受到极为不公平的对待，竟然被一群没有用的动物赶出自己的农庄。基本上，其他农夫对琼斯颇为同情，但起先并未提供太多帮助，他们心里都在算计自己能从琼斯的不幸中捞到什么好处。幸运的是，动物农庄附近有两名农庄主一直不和睦。其中一座农庄叫狐林，是座占地广大但疏于照料的旧式农庄，庄内杂木丛生、牧场荒芜且篱笆年久失修。拥有者皮金顿先生是个随和、有礼貌的农夫，大部分时间不是钓鱼就是打猎，依季节而定。另一座农庄名叫品契菲，规模较小但管理得较好。拥有者菲德力先生强势又精明，永远有打不完的官司，还是讨价还价的高手。这两人厌恶彼此、从不妥协，就算要他们捍卫共同利益也是难事一桩。

然而，动物农庄的造反行动却把他俩吓坏了，很希望这件事情不要传到自己养的牲畜耳里。起先，他们装模作样地嘲笑动物自主的想法，还说这起事件半个月内就会终结，更宣称曼诺农庄（他们无法忍受"动物农庄"一词，所以坚持使用"曼诺农庄"）的动物彼此不断斗争，即将饿死。不过，随着时间流逝，动物们显然没有饿死。于是菲德力跟皮金顿改变论调，大谈目前动物农庄内的丑恶行径。他们说里面的动物吃同类、用炙热的马蹄铁互相虐待还共享雌性动物，根本违背自然法则。

其他动物对这种说法半信半疑，流传较广的传说是，有座迷人的农庄，没有人类只有动物管理自己的生活大小事。如此消息四处散播，愈传愈虚妄不实，也使得英格兰在那一整年里兴起阵阵造反浪潮。一向温驯的公牛突然变得粗暴野蛮，羊群踏坏篱笆、吃光苜蓿，乳牛踢开奶桶，猎马不愿参与围猎，反而把骑在身上的主人甩到一边。更夸张的是，《英格兰之兽》的旋律甚至歌词传遍各地，速度之快令人咋舌。人类每次听到这首歌便怒不可遏，但表面上还是说这首歌很可笑，搞不懂为什么动物会唱这种垃圾烂歌。只要他们听到哪只动物唱这首歌，马上就是一顿抽打，但依旧止不住此起彼落的旋律。画眉于篱笆间唧啾嘤唱，鸽子在榆树上咕咕鸣叫，他们的歌声与铁匠铺的铿锵声和教堂钟声融为一体，人类听到便默默惊怕，好似听见末日预言。

十月初，谷物都已收割贮藏好，有些还去了壳。有一天，一群鸽子在空中盘旋，接着十分激动地飞进动物农庄院子里。他们说，琼斯及其手下带领另外六名来自狐林农庄和品契菲农庄的人马通过栅门，踏上了通往动物农庄的车道。他们人手一棍，带头的琼斯手里握着枪，目的显然就是要夺回农庄。

动物们早就料到这一切，已做好万全准备。雪球在农舍找到一本旧书，内容描述的是恺撒大帝的战绩，他仔细研读，负责防御工作。雪球迅速下达指令，没过几分钟，动物们便各就各位。

人类逼近仓舍之际，雪球发动第一波攻势，三十五只鸽子同时出动，在人类头顶上来回盘旋，同时从半空中排下粪便。正当人类忙着应付鸽子时，躲在篱笆后面的鹅冲了出来，朝人类小腿猛啄。不过，这只算是小规模作战，目的在于制造混乱，人类靠着棍子便轻易赶走鹅群。雪球紧接着发动第二波攻势，穆里儿、班杰明以及所有羊在他的带领下冲上前去，从四面八方对人类又撞又刺，而班杰明则转过身以细瘦的后脚进行蹋击。

但是人类的棍子和钉靴太过强势，雪球尖啸一声，示意大家撤退，动物们转身逃往院子。

人类胜利大叫，以为敌人已作鸟兽散，于是零零落落地在后头追赶，这正合雪球心意。人类一进院子里，在牛棚埋伏的三匹马、三头牛及其他猪全冲出来包抄他们。雪球再度示意攻击，自己则一头冲向琼斯。琼斯见他迎面而来，举枪扣下扳机。子弹散粒在雪球背上造成数道血痕，更让一只羊当场死亡。雪球近百公斤的身躯当下便往琼斯双腿冲去，将他撞飞到粪堆上，枪也因此离手。然而，最骇人的场面当属拳击手的攻击行动，他如种马般抬起前腿，巨大的铁蹄在半空中猛力一踹，一击正中狐林农庄马夫的脑袋，让他倒地身亡。看到这一幕，有些人吓破了胆，丢下棍子就想逃，却被追着满院子跑。他们被顶、被踹、被咬又被踩，每只动物莫不依自己的方式报仇，就连猫也突然从屋顶跳到牧牛人肩上，利爪刮向他的脖子，让牧牛人

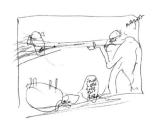

痛得大叫。后来，门口通道一时没有动物，人类喜不自胜，趁机冲出院子，往大路奔去。结果，为时五分钟的入侵行动换来落荒而逃，就跟来的时候一样，鹅群在后头追赶，一路猛啄人类的小腿。

所有人类都逃走了，只剩一人留在现场，拳击手回到院子里，举起蹄子拨弄面朝泥泞、倒地不起的马夫，试图将他翻过身来，但马夫一动也不动。

"他死了，"拳击手伤心地说，"我不是故意的，我忘记自己戴有蹄铁，谁相信我不是有心的呢？"

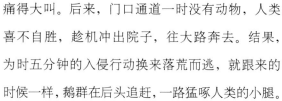

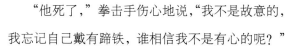

"同志，别再感伤了！"雪球身上的伤口流着鲜血，喊着，"战争就是战争，只有死人才是好人。"

"我并没打算开杀戒，就算是人类我也不想置于死地。"拳击手眼含泪水，不断重复这句话。

"莫莉在哪里？"有只动物惊叫出声。

莫莉失踪了，动物们一阵恐慌，担心有人对她不利，或者直接将她掳走。然而，大家最后在莫莉的马厩里找到她，当时她躲在里面，把头埋在马槽干草中。原来莫莉在枪响时便仓皇逃走。动物们后来也发现，院子里的马夫只是吓晕了，醒来后已经趁大家寻找莫莉时溜走了。

欣喜若狂的动物们再次集合，大声细述自己在战斗过程中的英勇表现，一场即兴的胜利庆祝会立即展开。他们升起旗帜，高唱《英格兰之兽》数遍，接着为惨遭杀害的那只羊举办了隆重的葬礼，还在他坟上种下了山楂树。雪球在墓旁发表了一段简短的演说，强调所有动物必要时都该为动物农庄牺牲。

　　动物们无异议决定建立军事勋章制度，当下就授予雪球及拿破仑"动物英雄一等勋章"。那是枚黄铜质的勋章（其实就是农具室内找到的旧黄铜马饰），可在星期天及假日时佩戴。此外，还有"动物英雄二等勋章"，颁予死去的羊。

　　动物们热烈讨论该如何称呼这场战争，最后决定命名为"牛棚之战"，因为突击就是在牛棚发动的。此外，动物们在泥泞之中找到了琼斯先生的枪，再加上农舍内还留有弹匣，他们决定将枪立在旗杆下当作火炮，每年发射两次，一次在十月十二日，也就是牛棚之战周年纪念日；另一次则于仲夏日，即造反周年纪念日。

第五章

　　冬天的脚步愈来愈近，莫莉也愈来愈让人伤脑筋。她每天早上工作都会迟到，老是拿睡过头当借口，常常抱怨身体会没来由地疼痛，胃口却出奇地好。莫莉会以各种推托之词逃避工作，跑到水池边傻傻地凝视自己水中的倒影。但是，听说还有更严重的事情。有一天，莫莉快活地溜达进院子，边走边摇着长长的尾巴，嘴里还嚼着根干草，这时幸运草把她拉到一旁说话。

　　"莫莉，"她说，"我要跟你谈件很重要的事情。今天早上，我看到你探头望动物农庄和狐林农庄之间的篱笆。皮金顿的手下就站在篱笆另一边，虽然我离你们有一大段距离，但是我的确看到他对你讲话，你还让他摸你的鼻子。莫莉，这是怎么回事？"

"他才没那么做！我也没让他那样！那不是真的！"莫莉大声叫道，接着来回踱步还用前蹄刨着地。

"莫莉，看着我！你愿意用名誉保证，那个人没有摸你鼻子吗？"

"那不是真的！"莫莉如此重复道，眼睛却不敢直视幸运草，然后拔腿就往田地里跑。

幸运草脑中闪过一个念头，她并未向其他动物提起这件事，而是径自前往莫莉的厩棚，用蹄子挑开稻草，结果在稻草下找到一些糖块和好几条不同颜色的缎带。

三天后，莫莉不见了，有好几个星期下落不明。之后从鸽子的报告中得知她身处威灵顿另一边，在一家酒馆前帮人拉车。她拉的车外形精巧，颜色以红、黑为主。有个男人脸红体胖，身穿方格子马裤，系着绑腿，看起来像是酒馆老板，他摸着莫莉的鼻子并喂她糖吃。鸽子还说，莫莉神色自得地穿着全新剪裁的衣服，额毛上还系着一条红缎带。从此，动物们绝口不提莫莉。

到了一月，天气十分恶劣，大地冻得像铁一样硬，田里没活可干，因此大谷仓里举行了多次聚会，猪们全神规划下一季的工作。所有动物都接受让明显比其他动物聪明的猪决定农务方针，不过，他们做的决定依旧得通过多数表决。这样的模式本来很不错，但雪球和拿破仑却造成问题。他们彼此意见不合，一见着机会就表态反对，如果一方建议多种一亩大麦，另一方一定会要求多种燕麦；如果一个说某块田地适合种卷心菜，另一个就非要说根茎类作物才是唯一选择。他们各有支持者，双方发生过几次激烈辩论。在聚会中，雪球常靠出色演说取得多数动物的认同，拿破仑则擅长于休息时拉票，他这招对羊群特别有效。近来，羊群迷上咩叫"四足善，双足恶"，他们嘴里无时不在嘟囔这句话，常因此害得聚会中断。大家还注意到，他们最常在雪球的演讲进入高潮时突然大喊"四足善，双足恶"。雪球在农舍找到几本过期的《农人与畜牧者》杂志，仔细研读后，胸中满是革新与改进计划。他谈起农田排水、饲料保鲜及碱性炉渣等头头是道，还研拟出一套复杂的制度，要动物们每天直接在田里不同地点排泄，以精减运送所需劳力。拿破仑没规划过任何方案，总平静地说，雪球的方案终将失败，而且看起来就是在等这一刻到来。这两只猪争执良多，最严重的一次当属风车建造计划。

仓舍不远处有块狭长的牧场，那里有座小山丘，是农庄内的最高点。经过一番地形考察，雪球宣布要在这里建造风车，以此运作发电机，为农庄提供电力，一来用作厩棚照明，二来以备冬天时取暖，还可以发动圆锯、切草机、甜菜切片机与电动挤奶机。动物们以前从没听过这些东西（因为这是座旧式农庄，只有较为简单的机器），大家目瞪口呆地听着雪球讲述这些神奇的机器将如何提供帮助，让他们能轻松地在田里吃草，或者通过阅读、聊天提升心智。

没几个星期，雪球便将风车建造图完全设计好，细部构造主要参考琼斯先生的三本书——《一千种盖房子的有用技巧》《人人都能当砖瓦工》及《电力学入门》。他把以前作为孵蛋室的棚子当书房，棚内平滑的木质地板很适合绘图。雪球在里面往往一待好几个小时，他拿石头压着翻开的书，前蹄夹着一根粉笔，在里面来回快速移动，随着建造图一横一竖被勾勒出来，时而发出细微的惊喜叹叫声。建造图慢慢出现许多复杂的曲轴和齿轮，画满了半片地板，其他动物虽然完全看不懂，但仍感到钦佩。动物们一天至少会来观看雪球作图一次，连母鸡和鸭子都会来，他们会很小心地不去踩粉笔痕迹。只有拿破仑对此漠不关心，他从一开始就表明自己对于风车建造计划的反对立场。然而，有一天，他出乎意料地现身查看建造图。拿破仑脚步沉重地在棚内走动，端详每处细节，嗅了建造图一两次，还站起来一会儿，

斜眼盯着图看。突然间，他抬起后腿，对图撒了一泡尿，然后一语不发地离开了。

农庄动物在风车计划上歧见甚深。雪球不否认建造风车是件棘手工程，大家要搬运石头来盖墙，还得制作风车翼，之后更需要发电机和缆线（雪球并未说明这些东西要从何取得）。但他强调这些事情可在一年内全部完成，并表示竣工之后将能省下许多劳力，大家每周只需工作三天。持反对意见的拿破仑则认为，当下最需要做的是增加粮食产量，如果浪费时间在建造风车上，大家最后都会饿死。动物们分成两派，分别鼓吹"票投雪球，一周三作"和"票给拿破仑，食物永丰足"。班杰明是唯一没有选边站的动物，他既不相信食物会丰足也不认为风车能节省劳力。他说，不管有没有风车，生活还是一如往常，意思就是说，同样糟糕。

除了风车所带来的争端，农庄的防御工事也是项议题。虽然人类在牛棚之战中吃了败仗，动物们都很清楚他们会卷土重来，甚至将展现更强烈的决心要夺回农庄，让琼斯先生再度掌权。这次败绩传遍英格兰各地，邻近农庄的动物更加难以驾驭，因此人类更有理由讨回颜面。不过，雪球与拿破仑依旧意见相左。拿破仑的见解是，动物们现在要做的是设法取得枪支并学会用。但雪球认为他们必须派出更多鸽子，煽动其他农庄的动物起而造反。拿破仑辩说，如果没有自卫能力，那么终将被打败。雪球则强调，如果造反四起，自我防卫便不再需要。动物们听完拿破仑的意见接着又听雪球的观点，无法决定谁说得对。事实上，他们发现，谁开口说话他们就买谁的账。

这一天终于到来，雪球完成了风车建造图，接下来的周日聚会将表决是否要建造风车。当所有动物都到大谷仓集合后，雪球站起身，尽管偶尔受到绵羊咩叫声干扰，仍向大家阐述建造风车的理由。之后，拿破仑起而回应，他非常平静地说，建造风车十分无意义，要大家不要投票赞成，说完旋即坐下。他开口仅三十秒，说跟没说差不多。此时，雪球一跃而起，对底下再度发出咩叫声的羊群大喊，要他们安静，并激昂地呼吁大家支持建造风车。在此之前，动

物们并未明显赞同哪一方，但能言善道的雪球打动了他们的心。他口若悬河地勾勒出动物农庄的新未来：届时动物们不再艰苦辛劳。他的梦想蓝图不只局限于切草机和甜菜切片机，他说电力将带动打谷机、耕耘机、碎土机、滚筒式碾米机、收割机还有捆草机。此外，每座厩棚也将有独立的电灯、冷热水以及暖气机。雪球一闭口，便不难想见票会投给谁了。不过，就在这个时候，拿破仑站了起来，以一种奇特的眼神睨视雪球，发出一声尖叫，那种叫法其他动物从未听过。

此时，谷仓外传来恐怖的吠叫声，九条佩戴黄铜项圈的大狗跳进谷仓，笔直冲向雪球。雪球及时跳离座位，躲过大狗利齿，接着逃出门外，狗群则在后头追赶。所有动物惊吓得说不出话来，他们蜂拥而出，观看这场追逐行动。雪球使尽吃奶的力气往前跑，快速穿越狭长的牧场，往大路上逃，而狗已经快追上他了。突然间，雪球滑了一跤，原本是会被狗抓住的，但是他再度爬起来，以生平最快的速度狂奔，接着狗又逐渐缩短距离，其中有只狗几乎快咬到他的尾巴了，他及时甩开，紧接着加速冲刺。就在只差一小段距离便可逃出狗掌时，雪球摔进篱笆中的洞里，失去了踪影。

动物们吓得张口结舌、魂不附体，偷偷溜回谷仓。没多久，九条狗再度跳进谷仓。一开始，大家都猜不到这些狗打哪来的，但问题马上有了答案。他们是拿破仑当初从母亲身边带走、私下调教的小狗，虽然还没完全长成成犬，身形已然十分硕大，外表还凶狠如狼。大家注意到，这些狗站在拿破仑身边摇着尾巴，跟其他狗对待琼斯先生的方式如出一辙。

Napoleon + 9 horses.

拿破仑在狗群簇拥下，走上老少校当初发表演说的高台，宣布从此取消周日聚会，因为那没必要且浪费时间。今后，涉及农庄事务的各种问题都将由猪群组成的专责委员会处理，由他担任委员会主席，猪委员私下开会，事后再将决议公告周知。不过，动物们周日早晨仍要举行升旗典礼，唱《英格兰之兽》，并且接受未来一周之工作分派，但不再进行任何辩论。

雪球遭到驱逐让动物们大惊失色，这项公告更让他们沮丧不已。如果找得到适当的论点，很多动物都想抗议。就连拳击手都觉得有点不快，他双耳紧贴头部，数度耸动额毛，很认真地想厘清思路，但最终没有发表任何意见。有些猪比较善于表达，像四头坐在前排的年轻肉猪就发出刺耳的尖叫声表达不满，甚至站起来准备开口说话。但拿破仑身旁的狗马上发出低吼声，迫使这些猪闭口坐下。接着，羊群大声咩叫"四足善，双足恶"，喊声持续近十五分钟，终结了所有讨论的机会。

会后，尖叫者被派到农庄各处，针对此新安排向其他动物做解释。

"同志们，"他说，"拿破仑同志将这份额外的差事往身上揽，我相信在场所有动物都很感谢他的牺牲。同志们，不要以为当领导是件乐事！正好相反，那是沉重的责任。没有动物能像拿破仑同志这般坚信所有动物一律平等，你们想自己做主，他高兴都来不及呢，但你们有时可能会做错误的决定，到时我们该怎么办？现在我们知道雪球跟罪犯一样坏，假设你们当初支持他和那番风车蠢话，结果会怎样呢？"

有动物说："他在牛棚之战中英勇战斗。"

"英勇是不够的，"尖叫者回道，"忠诚与服从更重要。至于牛棚之战，一段时日之后，我相信大家就会发现雪球的表现被夸大了。纪律，同志们，铁的纪律！这就是今天的口号。一步走错，敌人就会击垮我们，同志们，你们不想让琼斯回来，对吧？"

这一点再次让动物们哑口无言，因为他们的确不希望琼斯回来。如果周日集会的辩论可能造成他重返农庄，那就该立即停止。拳击手现在有时间好好思考，于是将自己的看法简单说出来："如果拿破仑同志这么讲，那就一定是对的。"从那时起，拳击手除了座右铭"我要更努力"外，又将"拿破仑永远是对的"当作格言谨记在心。

此时，天气回暖，春耕也已展开。雪球绘制风车建造图的厩棚如今大门深锁，大家都认为地板上的建造图已经擦掉了。

每周日早上十点钟，动物们都到大谷仓集合，接受新一周的工作指派。老少校的头如今仅剩白骨，动物们将它从果园里挖出来，放置在旗杆底下的台子上，就在枪旁边。每次升完旗，动物们都得排成一列，恭敬地经过头骨，再进入谷仓。现在，所有动物不像以前那样全部坐在一起了，拿破仑、尖叫者以及一头善于编歌写诗、名叫小指的猪坐在高起平台的正前方，九条年轻的狗则以他们为中心围成一个半圆。剩下的猪坐在后头，其余动物则坐在谷仓中央空地上。在聚会中，拿破仑用军人般一板

一眼的语气宣读下周工作指令,接着大家合唱一遍《英格兰之兽》便告散会。

雪球遭到驱逐后的第三个周日,拿破仑宣布风车还是要建造,这让动物们有点意外。拿破仑并未解释自己为何改变心意,只提醒大家这份额外的任务将会非常艰辛,必要时可能还得减少食物配给。而建造计划已经完全规划好,没漏掉任何细节,猪群所组成的专责委员会过去三周就是在处理这件事情。据估计,建造风车加上其他各种改善工程总共得花两年。

当晚,尖叫者私下向其他动物解释,拿破仑实际上从未反对建造风车,相反,这主意一开始是他提的。此外,雪球画在孵蛋室地板上的建造图其实是从拿破仑的文件中偷来的。事实上,风车是拿破仑的创作。有动物问道,为什么他当时要强词反对?此时尖叫者一脸狡猾地回说,这就是拿破仑同志的精明之处,他看似反对风车,其实是赶走雪球的手段。雪球是个危险角色,只会带来不良影响。现在,雪球走了,计划就能不受干扰顺利进行了。尖叫者表示,这就是所谓的策略。"策略,同志们,策略!"他带着愉悦的笑声一连重复好几次,边讲边跳来蹦去、甩动尾巴。动物们不是很懂这个字眼,但尖叫者语气太有说服力,再加上他身旁刚好有三条狗发出威胁性的低吼,所以大家都不再追问,接受了他的说法。

第六章

　　那一整年里，动物们如奴隶般工作，但他们乐在其中，不遗余力也不吝牺牲。他们很清楚这一切为的不是会偷走劳动成果的怠惰人类，而是为了自己及后代子孙好。

　　春夏两季，动物们每周工作六十小时，到了八月，拿破仑宣布星期天下午也要工作，虽采取完全志愿制，但不参加的动物食物配给就会减半。即使到了这种地步，有些差事仍无暇顾及。收成不如去年丰硕，有两块地本来在初夏时分就该种植根茎作物，却因没有早点犁好地而作罢。由此可想见，接下来的冬天将会很难熬。

　　建造风车的工程遇上意想不到的困难。农庄内有座藏量丰富的石灰岩矿场，动物们还在一间仓库里找到足够的泥沙，建造风车所需材料一应俱全。然而，动物们首先面临不知如何将石头分割成适当大小的问题。这工作要用到十字镐和铁撬棍，但大家都没办法以后腿站立，也就无法使用这两样工具。几个星期徒劳无功之后，有只动物想到了个好主意，那就是利用重力。无法直接拿来用的大石头全摆在石灰岩矿场上，动物们拿绳子绑住石头，牛、马、羊等能够拉绳的动物同心协力，必要的时候连猪也得加入，以极为缓慢的速度将石头往矿场斜坡上拉，再从坡顶把石头推下，将它摔成碎块。相较之下，搬运碎石比较轻松，马一车车拉，羊一块块叼，就连穆里儿和班杰明也拖着老旧的双轮马车，运送自己负责的那一份。夏天接近尾声时，动物们收集好足够的石头，建造工程旋即在猪群的监督下展开。

不过，准备过程既缓慢又吃力，光把一块石头拉到矿场斜坡上往往就得耗掉一整天的精力，而且石头推下来以后，有时还不会碎裂。此外，倘若少了拳击手，什么工作都完成不了，他的气力可比其他动物的总和，当石头下滑，连带将大家往下拉时，其他动物绝望地呐喊，而拳击手总会拉紧绳子，稳住下

滑的石头。拳击手在坡道上艰辛而缓慢地移动，气喘吁吁，蹄子紧抓地面，全身满是汗水，所有动物看到莫不敬佩。幸运草有时会提醒他，不要把自己逼得太紧，但他老是不以为意，对他来说，"我要更努力"以及"拿破仑永远是对的"这两句口号足以解决所有问题。他原本和小公鸡说好，每天早半小时叫他起床，现在变成提前四十五分钟。尽管空闲时间不多，但是只要有机会，他就自个儿到矿场，收集一车碎石再拉到风车工地去，全程不靠其他动物帮忙。

虽说工作辛苦，动物们也不是整个夏天都过着水深火热的生活，毕竟，就算他们的食物没有多过琼斯时代，至少不比当时差。只需喂饱自己，不用满足五个奢侈人类，这是很大的优势，少量失策还不至于产生大的影响。再说，从许多角度来看，动物做事情的方式更省时省力。举例而言，除草之类的工作让动物来做比人类更为彻底。再说动物们现在不会偷吃，所以没必要把牧场与耕地隔开，也因此不用维修篱笆和栅门，省下许多力气。然而，夏天一天天过去，各种料想不到的短缺逐一浮现，煤油、钉子、绳子、狗饼干以及铸造马蹄铁所需的原料，农庄都无法生产。虽然有各种不同的工具，而且风车将带来机械化，但是种子及化肥也面临短缺。对于如何取得这些物资，动物们束手无策。

星期天早上，动物们集合接受工作指派，拿破仑宣布，他制定了一项新政策，从今以后，动物农庄要与邻近农庄进行贸易，当然不是以商业买卖为目的，纯粹是为了取得一些迫切需要的物资。他表示，没有什么比满足建造风车所需更为重要。因此，拿破仑准备卖一批干草和一部分今年收割的小麦，之后如果需要更多钱，那么就得卖鸡蛋，这种生意在威灵顿不怕没买家。拿破仑说，这是母鸡对于建造风车的特殊贡献，理当欣然同意。

这一次，动物们又隐约感到不妥，不准和人类从事交易行为、不准做买卖、不准碰钱，这不是最初的决议吗？早在成功赶走琼斯后的第一次聚会中便拍板定案，所有动物都记得当初通过了这些决议，或者说，至少他们认为这件事情发生过。拿破仑废除聚会时曾出言反对的那四头年轻肉猪怯怯地提出异议，但马上因为狗发出咆哮声而住口。接着，羊群跟往常一样，突然又开始大喊"四足善，双足恶！"使当时的尴尬气氛随之消散。最后，拿破仑举起前蹄示意安静，宣布自己已经安排妥当，动物们不用违背自己的心意与人类接触，他会扛下这份重担，而且住在威灵顿的温普律师同意当动物农庄与外界往来的桥梁，每星期一早上会到农庄接受指示。语毕，拿破仑一如往常地大喊"动物农庄万岁！"并在唱完《英格兰之兽》后宣布散会。

会后，尖叫者在整个农庄走了一圈，安抚所有动物。他向动物们保证，当初并没有通过禁止买卖、不得用钱的决议，甚至连提都没提过，这完全是凭空想象，说不定是雪球造的谣。虽然有些动物仍存一丝疑惑，但尖叫者狡猾地问道："同志们，你们确定不是做梦梦到的吗？你们将决议记录下来了吗？决议白纸黑字写在什么地方了吗？"因为这些决议的确没有留下文字记录，所以动物们确信是自己记错了。

每星期一，温普先生都照约定前来农庄。他身材矮小，脸上蓄着络腮胡，看起来老奸巨猾。身为律师，温普主要经手极

小规模业务，但敏锐的直觉让他比其他人更早意会到动物农庄需要一名中间人，而且这工作将带来丰厚的佣金。动物们看着他来来去去，心里很是惧怕，于是都尽可能避开他。不过，看着四脚站立的拿破仑对两脚站立的温普发号施令，大家感到骄傲，也就多少对新政策释怀了。他们现在跟人类的关系和以前大相径庭。眼见动物农庄逐渐繁荣兴盛，人类心头恨意未曾稍减，事实上还更甚以往，每个人都坚信动物农庄迟早会破产，而且风车工程会以失败告终。人们常常在酒吧碰头，以图表向彼此证明风车会垮掉，就算真的建好也没办法运作。尽管心不甘情不愿，动物们管理事务的效率仍教人类佩服，这带来一些效应，其中之一就是人类不再把农庄叫作曼诺，而是改用"动物农庄"这个较为恰当的字眼。他们也不再支持琼斯，琼斯则已放弃夺回农庄，搬到威灵顿其他地方去了。除了温普先生，动物农庄与外界没有任何联系，但有传言说，拿破仑准备在狐林农庄的皮金顿先生和品契菲农庄的菲德力先生之间做选择，签订具体贸易协议，但绝不会同时和这两人签约。

大概也是这个时候，猪群突然搬进农舍里住了下来。动物们再次想起，以前曾经决议禁止这种做法，而尖叫者又再次让他们相信事实不然。他表示，猪负责筹划农庄大小事，绝对需要一个安静的工作场所。再说，和猪圈比起来，屋子和尊贵的领袖（最近只要提到拿破仑，他就会加上领袖这个称号）比较搭调。不过，一听说猪不但在厨房用餐，把客厅当娱乐室，还睡在床上，有些动物就感到很不快。拳击手一如往常，以"拿破仑永远是对的"这句话带过，但幸运草记得有明确规定禁止睡在床上，于是她跑到谷仓一角，试图从写在墙上的七戒中看出端倪。幸运草只读得懂个别字母，所以找来穆里儿。

"穆里儿，"幸运草说，"念第四戒给我听。那一戒是不是说不能睡在床上？"

穆里儿费了些劲才将第四戒拼读出来。

"上面写着'不可睡于有床单的床上'。"她最后这么说。

奇怪的是，幸运草完全不记得第四戒提到了床单，但是既然上面这样写，一定就是如此。此时，尖叫者在两三条狗的护卫下碰巧经过谷仓，于是特别说明应该如何看待这整件事。

"同志们，你们已经听说，"他说道，"我们猪群现在睡在农舍床上，对吧？这有何不可？你们该不会以为有什么不准睡在床上的戒律吧？床不过是一个睡觉的地方，正确来说，厩棚里的稻草堆也是床。戒律禁止的是床单，这是人类发明的东西。我们已经撤掉了农舍里每一张床的床单，只睡在毯子里，不过这样也够舒适的了！但是，同志们，我可以跟你们说，和我们目前所进行的脑力工作相比，这种床的舒适度只是刚好而已。

FOUR LEGS GOOD
TWO LEGS BA

1. WHATEVER GOES UPON TWO LEGS IS AN ENEMY.
2. WHATEVER GOES UPON FOUR LEGS, OR HAS WINGS IS
3. NO ANIMAL SHALL WEAR CLOTHES.
4. NO ANIMAL SHALL SLEEP IN A BED. WITH
5. NO ANIMAL SHALL DRINK ALCOHOL.
6. NO ANIMAL SHALL KILL ANY OTHER ANIMA
7. ALL ANIMALS ARE EQUAL.

同志们，你们不会想让我们不得安歇吧？你们不会想让我们累到不能工作吧？你们都不希望看到琼斯回来，对吧？"

　　动物们再次保证绝无此意，也不再对猪睡在农舍床上多说什么了。过了几天，他们得知猪今后会晚一个小时起床，但也没出言抱怨。

　　到了秋天，动物们虽疲惫却开心，他们这一年过得很辛苦，卖掉部分干草和谷物后，过冬用的储备粮食并不十分充足。然而，风车建造计划让这一切都值得了。目前，风车建到一半。在秋收之后那段晴朗干燥的日子里，动物们干的活比以往更重，吃

力地搬运一块块石头，但他们认为，只要这么做能让风车边墙多个三十厘米，那就够了。拳击手连晚上都待在外面，在仲秋满月的光芒照耀下，独力工作一两个小时。闲暇之时，动物们会一圈圈绕着建到一半的风车散步，赞叹边墙坚固高耸，惊叹自己竟然能建造出如此雄伟的建筑物。只有老班杰明对风车冷眼看待，他还是老样子，常常说驴子活很久之类令人费解的话。

进入十一月，西南风呼啸，气候潮湿影响水泥拌制，建造工程因而延宕。一天夜里，暴风来袭，农庄仓舍被吹得摇摇晃晃，谷仓屋顶还有几块瓦片飞走了。母鸡们听到远方一声枪响，不约而同醒过来，惊慌地咕咕叫。隔天早上，动物们走出厩棚，发现旗杆吹断了，果园一隅还有几棵榆树像萝卜般被连根拔起。接着，动物们把注意力转移到另一个地方，纷纷发出绝望的呼叫，惨不忍睹的景象映入眼帘——风车垮掉了。

动物们一窝蜂往工地跑，一向缓步徐行的拿破仑冲在最前面。没错，全塌了。大家付出血汗的劳动成果被夷为平地，那些摔碎再费力运过来的石头散落四处。动物们起先说不出话来，只是站在原地悲伤地盯着地上的乱石。拿破仑一语不发地来回走动，时而嗅闻地面，僵直的尾巴迅速地左右甩动，这代表他正在沉思。突然间，他停下来，仿佛已理清头绪。

"同志们，"他平静地说，"你们知道这是谁干的好事吗？你们知道是哪个敌人晚上到这里破坏风车的吗？是雪球！"拿破仑忽然大叫，声音像雷一样响亮："这是雪球干的！他就是不安好心，想破坏我们的计划，报自己被狼狈赶走之仇。这个叛徒在夜色掩护下潜进这里，摧毁我们近一年的劳动成果。同志们，我在此时此地宣布判雪球死刑。将雪球就地正法的动物可获得'动物英雄二等勋章'以及半蒲式耳苹果，活捉他的可获得一蒲式耳苹果！"

一听到是雪球犯下这样的恶行，动物们十分震惊，愤慨之声不绝于耳，个个都想尽办法要在雪球回来的时候抓住他。没多久，山丘附近的草地上发现猪的足迹，虽然蹄印只有几码，但显然是往篱笆破洞的方向去的。拿破仑使劲闻着，并对大家说这是雪球所留，他认为雪球大概是从狐林农庄那个方向过来的。

"同志们，不要再拖延了！"调查完足迹以后，拿破仑喊道，"我们还有事情得做，从今天早上开始，我们要重建风车，冬天、雨天、艳阳天都不休息。我们要给这叛徒一个教训，让他知道，想破坏我们的计划没那么容易。同志们，记住，我们的计划绝不改变，而且要即刻展开。同志们，前进！风车万岁！动物农庄万岁！"

第七章

　　这年冬天分外难熬，尾随暴风来的是冻雨还有大雪。接着，寒霜冻结大地，一直到二月才逐渐融化。动物们使尽全力重建风车，因为他们很清楚外界都在看好戏，如果不能如期完工，妒火中烧的人类肯定得意叫好。

　　坏心肠的人类一副不相信雪球是凶手的模样，他们认为墙太薄弱才是主因，尽管动物们知道并非如此，但仍决定这次墙壁厚度要从先前的四十五厘米增加到一米，这也意味着他们得采集更多石头。矿场积雪好一段时间了，大家什么事情都没法做。接下来虽然仍有寒霜，但气候较为干燥，动物们趁机工作，处境十分艰辛，这也让他们不如往常般乐观。饥寒交迫之下，只有拳击手和幸运草没有失去信心。尖叫者搬动三寸不烂之舌，鼓吹为农庄效力之喜悦与付出劳动之尊贵。然而，真正激励其他动物的是拳击手的气力，还有他一声声"我要更努力"的叫喊，他的语气永远那么坚定。

一月，食物短缺，谷物配给大幅缩水，原本说要以马铃薯替代，后来发现大部分的马铃薯都因当初种得不够深而受到霜害。这些马铃薯既软又烂且颜色异常，只有少部分能食用。结果动物们常常一连好几天只吃粗糠和甜菜，饥荒近在眼前。

这件事情绝对不能让外界知道，风车崩毁壮了人类的胆，让他们又开始编造有关动物农庄的谣言，再度有人声称农庄里的动物即将饿死、病死，不但互相攻击，还吃食同类、残杀幼兽。拿破仑心知肚明，如果缺粮危机被人类知道会有什么不良后果，于是决定利用温普先生散布相反的消息。直到现在，温普先生仍每周造访农庄一次，但动物们从不和他往来，就算有，次数也屈指可数。不过，拿破仑现在挑了一些动物，其中大多是绵羊，示意他们在温普身边故作若无其事地谈话，让他以为农庄的食物配给增加了。事实上，贮粮库的贮粮桶几乎见底，拿破仑于是要动物用沙填满，再把剩余的谷物、玉米粉铺在上面。接着编了套适当的说辞带温普到贮粮库晃一圈，更让他看了几眼贮粮桶。温普因而被蒙骗，继续向外界表示动物农庄没有缺粮危机。

然而，到了一月底，从他处取得更多谷物已是势在必行。

这些日子里，拿破仑甚少露面，几乎只待在农舍里，每道门皆有外表凶猛的大狗看守。拿破仑每次现身都很隆重，像是举行典礼一般，六条狗护卫左右，谁靠得太近就发出吼声。星期天早晨聚会也经常不见拿破仑身影，命令总交由其他猪宣布，通常是尖叫者代劳。

某个星期天早晨，尖叫者要刚下完蛋的母鸡交出鸡蛋。在温普中介之下，拿破仑接受了一份每周提供四百颗蛋的合约，买卖所得将用来购入足够的谷物，让农庄运作得以撑到夏天，以缓和缺粮情势。

Hens Rebellion

母鸡一听闻此事便强烈反对，之前就有动物提醒她们或许得做这样的牺牲，但她们从不相信会成真。母鸡们此时刚把春天要孵的蛋准备好，所以纷纷抗议说现在把蛋拿走就是谋杀。自琼斯遭到驱逐以来，这是农庄内首次几近抗争的行动，母鸡们在三只年轻的米诺卡黑鸡带领下抵死不从，她们想到的法子是飞到屋椽上下蛋，让蛋摔破在地上。于是拿破仑展开迅速而无情的反击行动，他下令停止提供母鸡食物，更扬言处死任何给母鸡粮食的动物，一谷一粟都不行，此命令由狗负责执行。母鸡们坚持了五天，最后终于屈服，回到鸡舍。这段时间死了九只鸡，尸体全都葬在果园内，对外则宣称是死于球虫病。这件事情并未传到温普耳里，农庄每周按时交蛋，由食品商的马车载走。

这阵子皆不见雪球踪影，大家传说他躲在邻近农庄内，不是狐林就是品契菲。而拿破仑和其他农人的关系此时也稍有好转。正巧院子里堆了一堆木材，是十年前清理榉树林所留，现在已经完全风干，所以温普建议拿破仑卖掉这些木材。皮金顿先生和菲德力先生争相要收购，让拿破仑下不了决定。大家发现，每当拿破仑打算卖给菲德力时，就有消息说雪球在狐林农庄，而当他想卖给皮金顿时，品契菲农庄就被传作是雪球的落脚处。

早春时，有件事情让农庄突然陷入恐慌，那就是雪球晚上常常回来！厩棚内的动物受到干扰，难以入睡。大家说，雪球在暗夜掩护下潜进来，做各种坏事。他偷谷物、打翻牛奶桶、弄破鸡蛋、践踏苗圃，还咬掉果树树皮，只要出问题，通常都是雪球干的。如果窗户玻璃破了或者排水系统堵住，就会有动物言之凿凿地说是雪球晚上跑回来干的。当贮粮库的钥匙不见时，全庄动物都认为是雪球把钥匙丢到井里的。好笑的是，就算事后在一袋玉米面底下找回当初放错地方的钥匙，大家还是

这么认为。此外，乳牛集体表示，雪球趁她们睡觉的时候偷跑进棚内挤她们的奶。更有甚者，在冬天制造不少麻烦的老鼠成了雪球的同伙。

　　拿破仑下令清查雪球所有活动，在狗群随侍下，他动身前往各仓舍，仔仔细细地检查了一番，其他动物跟在后面，恭敬地保持一定距离。拿破仑每走几步就停下来嗅一嗅，他说，雪球如果在地上留下蹄印，他一闻就闻得出来。他嗅遍每个角落，

还有谷仓、牛棚、鸡舍和菜园，几乎所有地方都发现有雪球的踪迹。拿破仑会将鼻子靠近地面，深深地嗅，然后语气可怖地大叫："雪球！他来过这里！我闻得清清楚楚！""雪球"两个字一出口，所有的狗就龇牙咧嘴不断咆哮，光听就让动物们血液冻结。

动物们完全吓坏了，对他们来说，雪球仿佛成了某种无形的影响力，渗透在周遭的空气中，以各种不同的危险形式威胁着他们。当天晚上，尖叫者把所有动物集合在一起，面带惊惧地说他有个重要的消息。

"同志们！"尖叫者一边紧张地跳来蹦去，一边高喊，"我们发现一件最可怕的事情，雪球投靠品契菲农庄的菲德力了，现在正计划攻击我们、夺走农庄，而且进行攻击时，雪球会当他们的向导。不过，更糟糕的是，我们以为雪球叛变只是因为他爱慕虚荣、野心勃勃，但我们错了，同志们，你们知道真正的原因是什么吗？雪球从一开始就跟琼斯狼狈为奸！他一直都是琼斯的密探，我们刚刚发现雪球留下的一些文件，里面就能找到证据。同志们，在我看来，这解释了很多疑点。在牛棚之战中，虽然他的诡计没有得逞，但我们都亲眼看到他是如何想让我们吃败仗的，不是吗？"

动物们呆若木鸡，雪球做这件事情比他破坏风车要可恶得多。但大家花了几分钟才完全接受尖叫者说的话，因为动物们都记得，或者认为自己记得，雪球在牛棚之战中带领大家攻击人类，每波攻势都忙着重整队伍、鼓励大家，就算被琼斯的枪弹射伤了背仍旧毫不退缩。起初，大家很难把雪球这样的举动联想成他是琼斯的手下，就连甚少发问的拳击手也感到困惑。他趴了下来，前腿屈到身体底下，接着闭上眼，费力苦思。

"我不相信，"他说，"雪球在牛棚之战中表现英勇，这是我亲眼目睹的，我们在战后不是还立即颁给他'动物英雄一等勋章'吗？"

"同志，这是我们搞错了，这全记载在我们发现的密件里面，我们现在知道他当时其实是要引诱我们走向灭亡。"

"但是他受伤了，"拳击手回道，"我们都看到他流着血冲向琼斯。"

"这是他们的安排！"尖叫者叫嚷道，"琼斯那一枪只是刚好擦过他的身体，如果你识字的话，我可以给你看雪球的亲笔记录。他们的计划是，要雪球在重要时刻逃跑，把农庄留给敌人，而雪球差点得逞了。同志们，我甚至得说，要不是我们有英明的领袖拿破仑同志在，他早就得逞了。琼斯跟他的手下进入院子时，你们记得雪球突然转身逃跑，而且有很多动物跟着他逃离战场吗？另外，当大家陷入恐慌，眼看大势已去的时候，拿破仑同志一跃而起，高喊'杀死人类'，并且一口往琼斯的腿上咬，这件事大家也不记得了吗？同志们，你们都还记得，对吧？"尖叫者跳来蹦去地喊着。

尖叫者如此生动地描述当时的情景，让动物们以为自己记得这些事情，不管怎么说，他们记得雪球在大战关键时刻确曾掉头就跑。但是，拳击手依旧有点不服。

"我不相信雪球从一开始就是个叛徒，"他最后开口说道，"他之后的所作所为是另一回事，但在牛棚之战中，雪球是个好同志。"

"我们的领袖拿破仑同志，"尖叫者以缓慢而坚定的口吻说道，"很明确地表示，同志，他明明白白地说了，雪球从最开始就是琼斯的密探。没错，早在大家兴起造反这个念头之前就是了。"

"噢，那就不一样了！"拳击手回道，"如果拿破仑同志这么讲，那一定是对的。"

"同志，这样的想法就对了！"尖叫者叫道。大家注意到他闪烁的小眼睛带着厌恶之意瞥了拳击手一下，接着转身便要离去，却突然又停了下来，讲了几句让动物们印象深刻的话："我想提醒农庄内的每只动物保持警惕，我们有理由怀疑，雪球的密探此刻正潜伏在我们身边！"

四天后，接近傍晚时，拿破仑要所有动物到院子里集合。等大家到齐后，拿破仑从农舍中走出来，身上佩戴着两枚勋章（他最近颁给自己"动物英雄一等勋章"和"动物英雄二等勋章"），手下九条大狗在身边蹦跳还不时发出吼声，吓得动物们背脊发抖。大家安静地缩在自己的位置上，仿佛预感到可怕的事情即将发生。

拿破仑以严厉的目光扫视底下的动物，接着发出一声尖叫，身边的狗立即跳上前去，一口咬住四头猪的耳朵，不顾他们带着疼痛与恐惧的尖叫声，把他们拖到拿破仑跟前。猪的耳朵流

出鲜血，狗尝到血的滋味，顿时变得十分疯狂，其中三条狗此时往拳击手身上扑过去，让动物们大吃一惊。拳击手看到狗扑过来，举起大蹄子一脚将一条还在半空中的狗压到地上，结果这条狗哀声求饶，其他两条也夹着尾巴逃跑了。拳击手看了看拿破仑，想知道自己该踩死这条狗还是放他走。最后，他举起蹄子，受了伤的狗便号叫着逃离了。

现在，喧哗声静止，四头猪浑身颤抖地等待着，脸上满是罪恶感。此时，拿破仑要他们承认自己的罪行。他们就是当初拿破仑说要废除星期天聚会时出言抗议的那四头猪，不消进一步逼问，这些猪便坦承和雪球有秘密接触，而且从雪球被驱逐的那天就开始了，他们一起破坏风车，还协议要将动物农庄送给菲德力先生，雪球更私下向他们承认自己当琼斯的密探已经好几年了。这四头猪话一说完，马上便被狗咬断喉咙。接着，拿破仑以十分可怕的声音查问，是否有其他动物要坦承什么事情。

鸡蛋造反事件中带头的三只母鸡站了出来，说雪球曾来到她们梦中，要她们违反拿破仑的命令，结果她们也被杀了。之后，一只鹅坦承他在去年收成时偷藏了六穗小麦，还趁晚上吃掉了。一头绵羊坦承在饮水池里小便，她说是雪球叫她这么做的。语毕，又有两头绵羊坦承谋杀了一头老公羊，这头公羊是拿破仑的忠实追随者，他咳嗽咳得厉害的时候被他们追着跑，在火堆旁绕

啊绕，最后不幸丧命。这些动物皆被当场处死，还有许多动物也都在坦承罪行之后被处决。拿破仑跟前尸体堆积如山，空气中弥漫着浓厚的血腥味，这是自从琼斯被驱逐以来就不曾出现过的气味。

事情结束后，除了猪和狗以外，活着的动物胆战心惊地离开院子，他们饱受惊吓、悲痛欲绝，但不知道哪件事情比较震撼——是遭到与雪球狼狈为奸的动物背叛，还是亲眼目睹的残酷惩罚？以前常常有这样血腥的场景，但动物们觉得这一次更糟糕，因为是发生在动物之间。自从琼斯离开农庄至今，没有动物杀害过另一只动物，连老鼠也没死过半只。动物们来到小山丘上，建到一半的风车还**矗**立在这里，大家不约而同地趴下来，幸运草、穆里儿、班杰明、牛、羊，还有一大群鹅和鸡靠在一起取暖。实际上，所有动物都聚在这里，除了猫以外，她在拿破仑命令大家集合之前就突然消失了。动物们沉默了好一段时间。只有拳击手依旧站着，他烦躁地来回踱步，沙沙地甩动又长又黑的尾巴，时而发出细微的惊叫。最后，他说：

"我不了解，我不相信这种事情会发生在我们农庄里，一定是我们哪里做错了，在我看来，只有更努力工作才是解决之道。从现在开始，我每天早上都要早起整整一个小时。"

接着拳击手步伐笨重地往矿场跑，到了那里就不断工作，一连拉了两车石头到风车工地，直到晚上才休息。

其他动物靠在幸运草身旁，不发一语。他们所在的小山丘视野辽阔，整座动物农庄几乎尽收眼底，狭长的牧场一直延伸到大路、干草地、杂树丛、饮水池。远处，耕地里长着茁壮而青嫩的麦苗，农庄仓舍的红色屋顶上有袅袅白烟从烟囱冒出来。这是个清朗的春季傍晚，青草和茂盛的树篱在夕阳余晖之下闪闪发光，他们从来都不曾像现在这般想要拥有这块地方，而且还很惊讶地想到，这本来就是他们的农庄，这里的每一寸土地都归他们所有。幸运草往山坡下看，眼中盈满泪水，如果她能够将心情诉诸言语，大概就是，这和几年前推翻人类时的初衷大相径庭。在老少校鼓动大家造反的那晚，恐惧和残杀绝不在他们的期待之内。如果要她勾勒出一幅未来的景象，那会是个美好的社会，动物不再挨饿挨打，大家一律平等且各尽其能，而且强者会保护弱者，一如老少校演讲那晚她弓起前腿保护没了妈妈的小鸭子。然而，她搞不懂为什么会走到这一步，大家不敢畅所欲言，凶猛咆哮的大狗四处巡逻，还眼睁睁看着同志们在坦承不当罪行之后被撕咬成碎片。幸运草心里没有一丝造反或违逆的念头，她知道现在的情形远比琼斯在时好很多，而且避免人类夺回农庄是最重要的事情。不管发生什么，她都得保持忠诚、努力工作，完成自己的使命，服从拿破仑的领导。然而，这真的不是她和其他动物日夜企盼、努力打拼所求的结果，他们建造风车、面对琼斯的子弹为的并不是这个。这就是幸运草的想法，只是她无法以言语表达。

最后，幸运草想到了个方式，多少能表达无法言喻的心情——她唱起《英格兰之兽》。坐在身旁的其他动物也跟着唱起来，他们一连唱了三遍。虽然歌声优美，却十分缓慢、哀伤，这种唱法以前从没听过。

唱完第三遍时，尖叫者在两条狗的随同下走过来，一副有要事相告的模样。他宣布，依照拿破仑的特别命令，《英格兰之兽》已经废止，今后不准再唱。

动物们全都大吃一惊。

"为什么？"穆里儿嚷嚷道。

"同志，因为没必要唱这首歌了，"尖叫者语气强硬地说，"《英格兰之兽》代表造反，现在造反成功了，今天下午处决叛徒是最后的行动。如今，内神外鬼皆已铲除。我们唱《英格兰之兽》是期待将来有个美好社会，现在，我们已经建立起这样的社会，这首歌显然就没有再唱的必要了。"

大家都很害怕，有些动物或许有意表示反对，可是羊群又在这个时候大声咩叫"四足善，双足恶"，一叫叫了好几分钟，结果讨论草草结束。

就这样，农庄内再也听不到《英格兰之兽》，而作诗大师小指则写了另一首歌代替，这首歌开头是这样唱的：

动物农庄，动物农庄，

吾等绝不将汝伤！

每个星期天升完旗后，就会合唱这首新歌，但在动物心里，新歌的歌词和旋律都比不上《英格兰之兽》。

第八章

　　几天后，处决造成的恐慌退去，有些动物想起，或认为他们记得，第六戒是这么规定的："不可杀害其他同类。"虽然不想让猪或狗听到他们议论，但处决行动和这条戒律背道而驰，大家心知肚明。幸运草要班杰明念第六戒给她听，当班杰明一如往常地表示不愿涉入时，幸运草又去找穆里儿帮忙。穆里儿念给她听了，上面写着："不可无故杀害其他同类。"不知道为什么，"无故"这两个字从动物们的记忆中消失了。而现在，他们知道拿破仑没有违反戒律，因为处死和雪球同谋的叛徒具有正当理由。

　　那一整年里，动物们比往年更辛勤工作。他们要在预定日期之内重建风车，并且修筑起比之前厚两倍的边墙。日常农事仍得兼顾，所付出的劳动十分惊人。有时候，动物们会觉得自己工作的时间增加了，食物配给却不比琼斯时代好。每个星期天早晨，尖叫者都会拿着一张很长的字条，念出纸上一长串的数字，证明各种粮食的产量皆有增长。依种类不同，有的增加百分之两百，有的增加百分之三百，有的高达百分之五百。动物们没有理由不相信尖叫者，尤其是现在他们已经记不得造反前的粮食生产状况了。但他们有时候还是会希望能少点数字，多点食物。

现在，所有命令皆由尖叫者或其他猪下达，拿破仑每半个月才会公开露面一次。每次现身不但有狗护卫，还有只黑色小公鸡走在前头。拿破仑开口说话前，小公鸡会像号手般大声啼叫。大家都说，即使在农舍里，拿破仑也不和其他猪同室而居。他独自用餐，只有两条狗在旁服侍，而且还从客厅玻璃橱柜内找来皇冠德贝高级餐具，用以进食。猪还宣布，拿破仑生日要比照其他两个纪念日，每年鸣枪庆祝。

现在，动物们讲到拿破仑不再单单叫他"拿破仑"，而会很正式地称呼"我们的领袖拿破仑同志"。猪们还很喜欢帮他创造一些新的称号，像是"动物之父""人类克星""羊圈守护者""小鸭之友"等。而尖叫者在发表演讲的时候，每每谈到拿破仑的聪明才智、慈善心肠、对各种动物的爱以及对其他农庄仍受奴

FOUR LEGS GOOD, TWO LEGS BA[D]

1. WHATEVER GOES UPON TWO LEGS IS AN ENEMY.

2. WHATEVER GOES UPON FOUR LEGS, OR HAS WINGS IS A [FRIEND]

3. NO ANIMAL SHALL WEAR CLOTHES.

4. NO ANIMAL SHALL SLEEP IN A BED. WITH [SHEETS]

5. NO ANIMAL SHALL DRINK ALCOHOL.

6. NO ANIMAL SHALL KILL ANY OTHER ANIMAL WITHOUT CAUS[E]

7. ALL ANIMALS ARE EQUAL.

役的无知不幸动物之特别关怀，总会说得涕泪纵横。大家习惯将所有成就与各种好运都归功于拿破仑，你常会听到一只母鸡对另一只母鸡说："在我们的领袖拿破仑同志的领导下，我六天下了五颗蛋。"你也可能听到两头在池边快乐饮水的牛惊呼："幸好有拿破仑同志领导我们，这水真是太好喝了！"农庄内的普遍感受都呈现在名为"拿破仑同志"的诗里，这首诗由小指创作，内容如下：

失怙之友！

幸福之源！

饭桶之主！

啊，汝之眼神沉着威赫，

注视令吾心头热，

一如当空之日，

拿破仑同志！

伟大施与者

各兽所求皆应允，

每日常得二餐饱，

洁净稻草做床靠；

众兽无论大抑小

厩棚之内享安眠，

万兽看护者

拿破仑同志！

一日使吾得后代，

于其长大成猪前

纵使它小如酒瓶擀面棍，

皆当学习表忠诚，

诚然，牙牙开口首句话：

"拿破仑同志！"

拿破仑认可这首诗，还让动物写在谷仓墙上正对着七戒的位置。诗的上方是拿破仑的侧身像，由尖叫者以白漆绘成。

同时，在温普的中介下，拿破仑和菲德力及皮金顿正进行着复杂的谈判。木材尚未卖出，两个买家中，菲德力意愿较为强烈，却不想开个合理价钱。在这期间还有新的传言，说是菲德力和他手下正密谋攻击动物农庄，打算摧毁风车这个让他极为眼红的建筑物。据悉，雪球还躲在品契菲农庄里。仲夏时分，三只母鸡自陈在雪球的煽动下参与过一项谋杀拿破仑的计划，动物们听闻此事皆感到十分讶异。这些母鸡立即遭到处死，拿破仑的安全重新受到关注。之后，夜里总会有四条狗待在他床边四个角落，负责保护工作。一条年纪较轻的狗名为粉红眼，他负责在拿破仑进食前试吃所有食物，以免里面有毒。

大概在这段时间里，有消息说拿破仑打算把

木材卖给皮金顿先生，而且动物农庄和狐林农庄准备签订一份长期协议，彼此交换物资。拿破仑与皮金顿之间的关系虽然仍靠温普居中联系，但他们俩现在可谓形同朋友。皮金顿是人类，所以其他动物不信任他，但至少他比让动物们又惧又恨的菲德力讨喜得多。夏季时光缓慢流转，风车即将竣工，有人会在近日发动侵袭的传言甚嚣尘上。大家都在传，菲德力打算带二十名全副武装的手下攻击动物农庄，而且他已经花钱收买了地方长官跟警察，如果拿下动物农庄，他们也不会过问。此外，品契菲农庄里还传出更恐怖的消息，事关菲德力如何残忍对待自己的动物：他活活鞭死一匹老马，饿死乳牛，把狗丢进火炉里烧死，而且晚上的娱乐是在鸡爪上绑刮胡刀片，看公鸡互斗。动物们听到菲德力对自己同志所做的一切，个个义愤填膺，时而鼓噪说要一起攻击品契菲农庄，驱逐人类、解放动物。但尖叫者劝他们别意气用事，要相信拿破仑同志的策略。

动物们对菲德力的反感情绪高涨不退。有个星期天早晨，拿破仑来到谷仓，向动物们解释他从来没有想过要把木材卖给菲德力，说是和那种恶棍交易有损身份。之后，拿破仑禁止四处散布造反消息的鸽子在狐林农庄停留，还命令他们把原先的标语"杀死人类"改成"杀死菲德力"。夏季接近尾声时，动物们又发现雪球另一个阴谋诡计。那时小麦田里长满杂草，大家后来才搞清楚是雪球某天夜里潜回农庄，把杂草种子和谷物种子混在一起。一只公鹅当时秘密参与了这项计划，他向尖叫者坦承罪行，马上被罚吞食有毒莓果自尽。这时，动物们也才知道（因为他们之前一直以为），雪球从来没有获颁"动物英雄一等勋章"，这只是牛棚之战后雪球散布的谣言。实际上他不但没有获得勋章，还因为在战斗中太过懦弱而遭到谴责。听了这个说法，有些动物再度感到困惑。但尖叫者立刻说服他们，让他们相信是自己记错了。

　　秋天，为了兼顾作物的收成，动物们下足苦力。最后，风车终于建好，虽然机械装置还没装上去，目前在等温普处理购买事宜，但整体结构算是完成了。历经重重困难，尽管动物们毫无经验、工具原始、运气不佳又遭遇雪球背叛，但风车总算在预定日期当天竣工了！动物们虽然精疲力竭但都感到十分骄傲，他们绕着自己的杰作一圈一圈地走。在他们眼里，这座风车比第一次建造的那座还要漂亮，而且它的墙壁是原来的两倍厚，除了炸药其他东西是摧毁不了的！动物们回

想起自己付出了多少劳力、克服了多少障碍，只要风车翼开始转动，发电机开始运作，他们的生活将会产生巨大改变。一想到这些，肉体的疲惫一扫而空，大家雀跃地绕着风车，一圈又一圈，不时发出胜利的呼喊。拿破仑在狗和公鸡的伴随下前来视察，亲自恭喜动物们达成目标，宣布要将风车命名为"拿破仑风车"。

两天后，动物们全被叫到谷仓参加一场特别聚会，拿破仑表示已经将木材卖给菲德力，而菲德力的运货马车明天就要来运走木材了。这让大家目瞪口呆，因为这段时间里，拿破仑和皮金顿表面上一直维持朋友关系，实际上却和菲德力达成了密议。

动物农庄与狐林农庄断绝往来，还捎了封极羞辱人的信给皮金顿。拿破仑叫鸽子别去品契菲农庄，并把"杀死菲德力"的口号改成"杀死皮金顿"。同时，拿破仑向动物们保证，侵袭动物农庄的传言完全是空穴来风，关于菲德力如何残忍对待动物的小道消息言过其实，所有谣言八成是雪球和他的密探编造的。目前，雪球显然没躲在品契菲农庄。事实上，他从来就没有到过那里，反而是住在狐林农庄，过着极为奢华的生活，过去几年都靠皮金顿供给吃喝。

拿破仑的老谋深算让猪们高兴极了，他表面上和皮金顿化敌为友，其实是要逼菲德力多出十二镑。尖叫者说拿破仑谁都不信任，从这儿能看出他比我们睿智。菲德力原本打算要用一种叫支票的东西来支付购买木材的费用，这东西似乎是一张纸，上面写明付款承诺，聪明过人的拿破仑要求他把金额全换成五镑的钞票来交易，而且木材送出农庄之前就要把钱送到。现在，菲德力付清费用，他所支付的金额正好足够买风车的机械装置。

同时，菲德力迅速将木材运离农庄。运送工作完结后，农庄谷仓内举行了另一场特别聚会，动物们集合在一起检查菲德力的钞票。拿破仑笑盈盈地安坐在平台稻草堆中，身上还佩戴着两枚动物勋章，菲德力的钱就搁在他身旁，整整齐齐地摆在从农舍厨房拿来的瓷盘上。动物们排成一排慢慢地走过瓷盘，大家仔仔细细把钱检查了一次，拳击手还凑上前闻了闻，轻薄的白色纸钞随着鼻息飘动，发出沙沙的声音。

三天后，农庄内爆发大骚动，温普脸色死白地骑着自行车往农庄直冲。到了院子里，他把自行车一丢，径自往农舍跑。拿破仑住处随之传来一阵可怕的怒吼，怒吼的原因像野火般迅速传至每只动物耳里。那些钞票是假的！菲德力没花半毛钱就得到了木材！

拿破仑立刻把动物们叫了过来，厉声宣布判处菲德力死刑。他说等抓到菲德力，一定要把他活活煮死。同时还提醒大家，这次骗局将带来最糟糕的后果，菲德力和他的手下任何时候都可能展开计划多时的攻击行动。因此，拿破仑在农庄各个通道部署哨兵，还派四只鸽子到狐林农庄求和，希望能与皮金顿重修旧好。

就在第二天早上，攻势展开了，当时动物们正在用早餐，哨兵跑进来报告说菲德力及其手下已经通过栅门。动物们莽撞地冲到他们面前，但没有像牛棚之战那样轻松得胜。菲德力那边有十五个人，其中一半拿着枪，动物们进入五十码范围内便开始扫射。虽然拿破仑和拳击手努力要重振士气，但大家承受不了爆炸的威力以及尖锐的散弹而纷纷往后退，有些动物早已为枪弹所伤。他们在仓舍里避难，小心翼翼地从墙壁裂缝和洞孔往外窥望，整片牧场还有风车皆为敌人所占领。此时，就连拿破仑也有点怅然若失，他不发一语地来回走动，尾巴伸得又长又直，沉思的眼神不时望向狐林农庄。如果皮金顿和他的手下愿意帮忙，还是有反败为胜的机会。然而，就在这个时候，之前派出去的四只鸽子回来了，其中一只衔着一张小字条，皮金顿以铅笔在上面写了"你们活该"几个字。

于此之际，菲德力及其手下在风车前停下脚

步，动物们看着他们，纷纷发出失望的悲鸣。两个男人拿着铁撬棍和大锤，打算摧毁风车。

"那是不可能的！"拿破仑喊道，"我们把墙壁砌得那么厚，他们一个星期也没办法把它拆掉，同志们，我们要有信心！"

班杰明专心地注视这些人的一举一动，手持铁撬棍和大锤的两个男人在靠近风车地基的部分钻了一个洞。班杰明兴趣盎然地观看着，缓缓地点了点长长的驴嘴。

"我是这么想的，"班杰明说，"你们看不出他们在干什么吗？他们等一会儿就会把火药塞进那个洞里。"

饱受惊吓的动物们静静等待，现在要冒险离开仓舍的屏护是不可能的事情。几分钟后，他们看着人类四处奔逃，接着是一声轰然巨响。鸽子朝空中乱飞，除了拿破仑以外，所有动物都缩成一团。等大家都站起来往外望时，一股黑烟罩住风车所在地，之后随着微风慢慢飘散，此时，风车已不复存在！

看着眼前这一幕，动物们心中再度萌生勇气，人类卑鄙无耻的行动让他们勃然大怒，先前所感受到的恐惧与失望消失无踪。此时，复仇之声大起，动物们不等拿破仑下令便集体向敌人笔直冲去，这次他们毫不在乎无情的枪弹冰雹般打在身上，一场凶猛暴烈的战争就此展开。人类不断开枪，接着在短兵相接时改用棍子抽打动物或以厚重的靴子踢他们，一头牛、三只

羊还有两只鹅都阵亡了，其他动物几乎全挂彩，就连在后方指挥作战的拿破仑也被散弹射中尾巴末端。不过，人类也并非毫发无伤，有三个人被拳击手的蹄子踹得头破血流，还有个人被牛角划破肚皮，洁西跟蓝铃也几乎把一个人的裤子咬成碎片。拿破仑命令护卫自己的九条狗以篱笆做掩护，出其不意地绕到人类的两侧去，再突然现身疯狂吠叫，这引起人类一阵恐慌，因为他们发现自己被包围了。菲德力要手下见好就收，于是，这群懦弱的敌人为了保住小命转身便逃。动物们一路追到农田另一端，最后，还在人类钻过布满荆棘的篱笆时补上几脚。

　　动物们赢了，但他们疲惫不堪、血流不止，大家一拐一拐地缓步回到农庄。看到死去的同志僵直地倒在草地上，有些动物不禁哭了出来。动物们在风车曾经矗立之处停了一段时间，大家静默无语、内心哀戚，没错，风车不见了，几乎连一丝辛

勤搭盖的痕迹都没留下！连地基也部分毁损了。如果要重建的话，他们没办法像上次那样直接使用垮下来的石头，因为这次连石头也不见了，爆炸的威力把石头炸飞到几百码外，就好像从来没有建过风车一般。

当大家走近农庄时，在战争中无故缺席的尖叫者终于现身，在大家面前跳来蹦去、甩动尾巴还一脸得意。接着，动物们听到从仓舍那边传来一声肃穆的枪响。

拳击手问："为什么要鸣枪？"

"庆祝胜利！"尖叫者喊道。

"什么胜利？"拳击手反问，他的膝盖淌着血，蹄铁掉了一块，蹄子也裂了，而且有十几颗散弹卡在后腿里。

"同志，什么胜利？我们不是把敌人赶出领土了吗？动物农庄的神圣领土啊？"

"但是他们毁掉了风车，那是我们劳动了两年才建好的！"

"有什么关系？我们可以再建另一座风车，想要的话，建六座也行。同志，你没意识到我们做了件大事，敌人一度占据我们现在所站的这块土地，但是，多亏拿破仑同志领导，我们现在又把它整个拿回来了。"

"我们只是拿回了之前就属于我们的东西。"拳击手说。

动物们跛着脚往院子里走，拳击手腿内的散弹造成剧痛。

他知道接下来要重新建造风车，而且得从地基建起，所以脑子里已经开始幻想自己为了这份工作重新振作起来。但是，这一次，他首度意识到自己十一岁了，身上强壮的肌肉或许已经大不如前了。

然而，动物们看着绿色旗帜在空中飘扬，听见火枪一连鸣响七次，拿破仑还发表了一段演说祝贺大家完成壮举。最后，大家真的认为自己打了个大胜仗。动物们为战争中丧命的同志举办了隆重的葬礼，运货马车充当灵车，由拳击手与幸运草在前头拉着，拿破仑则走在队伍最前面。之后，动物们花了两天时间庆祝，大家唱歌、致辞，还鸣了很多次枪，所有家畜都收到一颗苹果作为特别礼物，家禽则获得两盎司①谷物，狗的奖励是三块狗饼干。这场战争被称为"风车之战"，拿破仑还另创一个新勋章，叫作"绿旗勋章"，并颁给自己。在这阵狂欢庆祝中，不幸的伪钞事件也被淡忘了。

过了几天，猪在农舍酒窖里偶然找到一瓶威士忌，大家占领房子时都没有注意到。当晚，农舍里传出洪亮的歌声，动物们惊讶的是歌声中竟然还混杂着《英格兰之兽》的旋律。九点半左右，大家清楚地看见拿破仑戴着琼斯先生的旧圆顶礼帽，从后门跑了出来，飞快地在院子里绕了一圈又回到屋子里去。

① 1盎司约合 28.35 克。

132

第二天早上，农舍内一片死寂，所有猪都还没起床，快要九点的时候才看到尖叫者露面，他脚步缓慢、面容消沉、眼神暗淡，尾巴软趴趴地垂在身后，怎么看都是一副病恹恹的模样。他把动物们集合在一起，说要宣布一个坏消息：拿破仑同志已经命在旦夕！

一时之间，哀叹声四起。农舍大门外铺满稻草，大家踮起脚尖走路，还眼含泪水地互问，万一领袖离开他们该如何是好。有传言说是雪球成功将毒药放进拿破仑的食物里。到了十一点尖叫者又出来宣布另一则消息，拿破仑临走前，最后制定一条禁令：饮酒者死。

然而，到了晚上，拿破仑觉得舒服多了。第二天早晨，尖叫者向动物们表示，拿破仑正在顺利复原中。当天晚上，拿破仑回到了工作岗位。再到隔天，大家听说他要温普去威灵顿买一些关于酿造和蒸馏的书籍。一周之后，拿破仑下令将果园旁的那片小牧场辟为耕地，这里原先是动物退休后养老吃草的地方，现在却说牧草枯竭，得重新播种。可是，大家没多久便发现，其实拿破仑是打算种大麦。

差不多也是这个时候，农庄内发生了一件让所有动物不解的怪事。有天半夜，院子里砰的一声巨响，动物们冲出厩棚。在明月高挂的夜里，他们看到谷仓写着七戒的那面墙角下有一

5. NO ANIMAL SHALL DRIN
TO EX
6. NO ANIMAL SHALL KILL AN
7. ALL ANIMALS ARE EQUAL

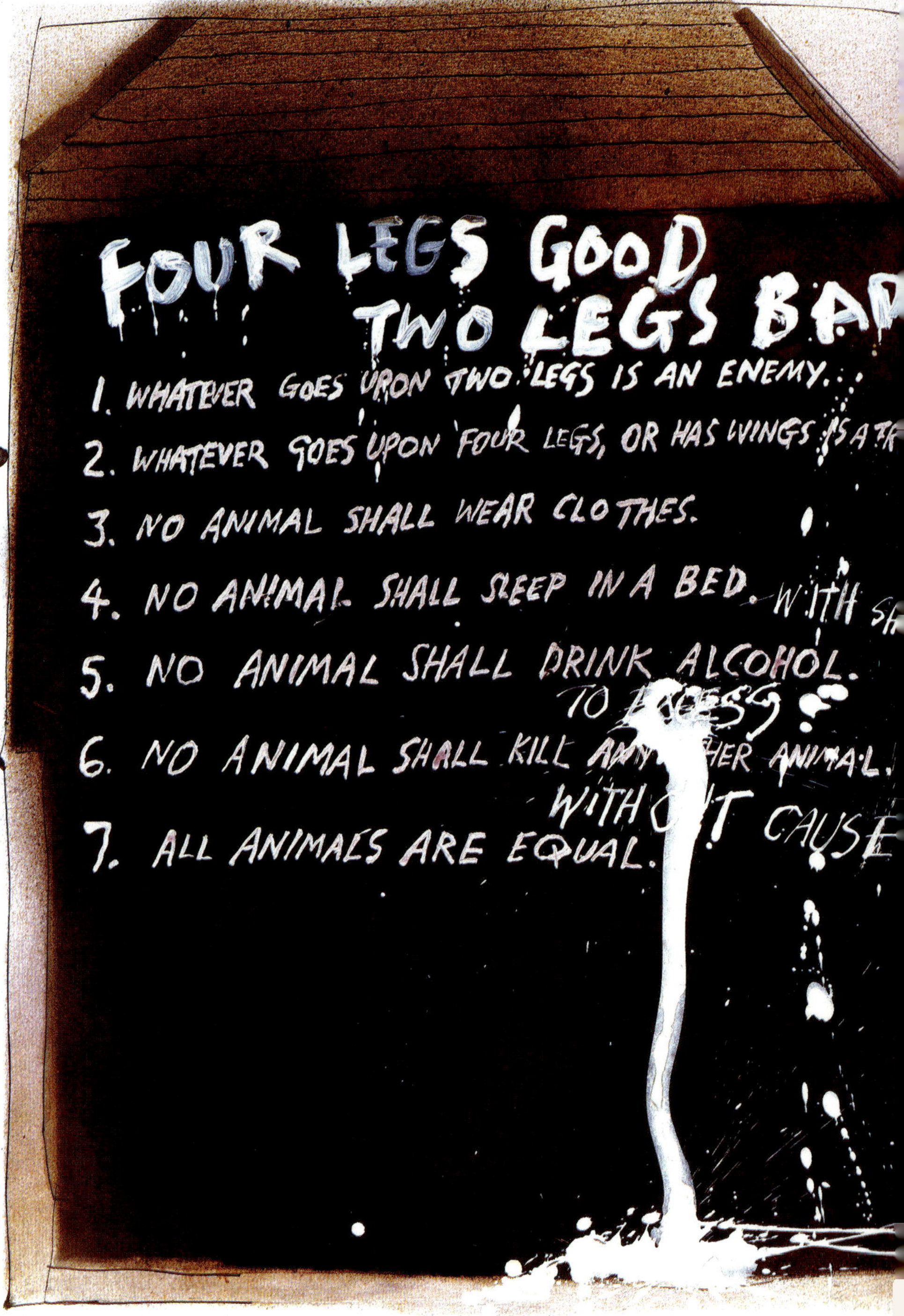

架断成两半的梯子，尖叫者趴在梯子旁边，一时回不了神。他手边还有一盏灯、一支油漆刷跟一桶打翻了的白漆。狗群旋即围在尖叫者身旁，等他能走路后便护送他回到农舍。所有动物都搞不懂这是什么情况，只有老班杰明点着驴嘴，一副了然于心但不愿多加评论的样子。

几天后，穆里儿自个儿念着七戒，发现大家又记错了其中一戒。他们以为第五戒是"不可饮酒"，却忘了另外两个字，真正的戒律是"不可过量饮酒"。

第九章

　　拳击手裂开的蹄子过了好长一段时间才复原，而他们在庆祝活动后便着手重建风车。拳击手连一天假都不肯放，忍着痛不让其他动物发现，并以此为荣。只有在夜里，他才会私下向幸运草坦承受伤的蹄子给他造成很大的麻烦。幸运草总会将咀嚼过的药草泥敷在拳击手的蹄子上，也常和班杰明一起劝拳击手别那么拼命，她说："马的肺不可能永远不出问题。"但拳击手就是不听，总说他现在只有一个目标，就是在退休之前看到风车顺利运作。

　　动物农庄的律法刚制定时，马和猪的退休年龄为十二岁、牛十四岁、狗九岁、羊七岁、母鸡和鹅五岁，而且还慷慨地规定要发老年津贴给退休动物。然而，至今还没有动物领过退休津贴，这个话题最近也愈炒愈热。果园边的小牧场现在被用来种大麦，所以有传言说，大牧场一隅将会用栅栏圈起来，改成退休动物养老吃草的地方。传言还说马的津贴是每日五磅谷物，冬天则为十五磅干草，法定假日还会有胡萝卜或苹果吃。明年夏末，拳击手就要过十二岁生日了。

这段时间里，动物们的生活十分艰苦，冬天跟去年一样寒冷，粮食却更短缺。所以除了猪和狗以外，其他动物的食物配给再度缩水了，尖叫者解释说，太过强调配给平等有违动物主义原则。不管情势如何变化，尖叫者总能轻易向其他动物证明食物实际上并没有短缺。现在这种时候，配给是需要调整一下（"调整"是尖叫者惯用的字眼，他从不说"短缺"），但这和琼斯时代比起来还是好很多。尖叫者以刺耳又急促的声音念出数据，仔细地向动物们证明，与琼斯时代相较，目前贮藏的燕麦、干草和萝卜量更为可观，工作时间也比较短，饮水较为纯净，寿命更长，幼年动物存活率提升，厩棚内铺有更多稻草且跳蚤减少了，动物们全都信以为真。老实说，动物们已经几乎记不得琼斯和他那个时代的事情了。他们只知道目前的生活很艰苦，常常得挨饿受冻，而且睁开眼就是工作。不过，毋庸置疑，过去的日子比现在还惨，他们很乐意这么想。尖叫者还不忘补上，以前大家是奴隶，现在则是自由之身，这可说是天差地别。

现在，农庄内有更多张嘴吃饭。秋天时，四头母猪几乎同时分娩，总共产下三十一头杂色小猪。农庄里的种猪只有拿破仑，因此他们的父母是谁并不难猜。猪宣布，等购得砖块和木材后，农舍花园里将会盖一间教室。在那之前，拿破仑会在农舍厨房内亲自教导这些小猪。小猪们在花园里运动，禁止和其他幼年动物玩耍。也差不多是这个时候，农庄内又多了一条规定，当一只猪和其他动物在路上相遇时，其他动物必须站到一边去。此外，每个星期天，所有猪不论身份都可以在尾巴上系绿色缎带，这是他们的特权。

农庄这一年万事顺利，但是财源依旧短缺，现在等着要买砖块、泥沙和石灰来盖教室，也得为风车的机械装置再次存钱，还要添购农舍照明用的灯油及蜡烛、拿破仑专用餐桌的糖（他禁止其他猪只吃糖，理由是他们会愈来愈胖）以及所有日常消耗品，如各种工具、钉子、绳子、煤炭、铁丝、废铁跟狗饼干。目前，剩下的干草还有部分马铃薯都卖掉了，卖蛋合约增加到每周六百颗蛋，结果母鸡那年孵化的小鸡数量不够，造成鸡总数下降。十二月才减少过一次的食物配给二月又缩水了，而且为了节省灯油，厩棚还禁止点灯。不过，猪过得似乎还蛮惬意的，实际上甚至都胖了几公斤。二月底某天下午，空气中飘来一阵新鲜、浓郁、让人垂涎三尺的香味，这股动物们以前从来没有闻过的气息从小酿造坊那儿传遍整个院子。小酿造坊在厨房旁边，琼斯时代就已经废弃不用。有动物说那闻起来像煮大麦的味道，动物们饥肠辘辘地嗅着，心里猜测晚餐不知道有没有热乎乎的麦糊吃，但是并没有什么热乎乎的麦糊。到了接下来的那个星期天，猪宣布今后所有大麦都归他们食用。没多久，有消息走漏，说每头猪天天都有一品脱[①]的啤酒配给，拿破仑自己则享有半加仑，而且他的啤酒都用皇冠德贝高级汤碗盛装。

然而，举凡碰到什么困难，动物们多少都会安慰自己现在的生活比以前更有尊严。农庄内有愈来愈多的歌曲、演讲跟游行，拿破仑下令每周举办一次名叫"自发表演"的活动，目的在于赞扬动物农庄的奋斗与胜利。指定的时间一到，动物们便得离开工作岗位，行军般绕农庄一圈。游行队伍由猪带头，依次是马、牛、羊、家禽，狗走在队伍两旁，最前面则是拿破仑的黑公鸡。拳击手及幸运草总一起咬着一块绿色布条，上面画有蹄子和角以及"拿破仑同志万岁！"几个大字。诗作朗诵会在游行后举办，所有作品的主题都在歌颂拿破仑。接着则是尖叫者的演讲时间，通常都是细数最近食物产量的增加情况。除此之外，有时还会有鸣枪仪式。绵羊是自发表演最热情的参与者，如果有

---

① 1品脱在英国约为568毫升；在美国1湿量品脱约为473毫升，1干量品脱约为550毫升。

动物犯嘀咕（有些动物偶尔会趁猪或狗不在身边的时候发些牢骚），觉得这是在浪费时间，还得在寒冷的天气中站那么久，羊群便会放声高喊"四足善，双足恶"来让抱怨的动物闭嘴。不过，动物们大致上还蛮喜欢这些庆祝活动的，那让他们体会到自己是真正的主人，所做的工作都是为了自己，进而从中获得慰藉。在歌曲、游行、尖叫者的一长串数据、鸣枪声、鸡啼声和飘扬的旗帜中，动物们忘记了饥饿之苦，或至少暂时将之抛到脑后。

四月时，动物农庄宣布成立共和国，需要选出一位总统，而候选人只有拿破仑一个，所以全体赞成通过。同一天，有消息说找到了新的文件证据，能够进一步证明雪球和琼斯狼狈为奸。而且现在看来雪球不只如大家所想的打算耍诡计输掉牛棚之战，他还公开帮琼斯做事。实际上，他才是人类的首领。冲进战场时，他嘴里喊的是"人类万岁！"。有些动物还记得看过雪球背上的伤，其实那是拿破仑咬的。

夏天过完一半，消失好几年的乌鸦摩西突然回到农庄。他没什么改变，还是不工作，整天讲糖果山之类的事情。摩西常常站在树枝上，拍动黑色翅膀，一小时、两小时地向有兴趣的动物们叙述。"同志，在那上面，"他的黑色大鸟嘴指着天空，语气严肃地说，"在那上面，就在你眼前那片乌云的另一端，糖果山就在那里，那是欢乐之地，我们这些可怜的动物到那里就无须再工作，永远得歇息！"摩西甚至还声称他偶尔飞得很高，有一次曾飞到了那里，他在山上看到绵延不绝的苜蓿，还有亚麻仁饼和糖块长在篱笆上。很多动物都相信摩西说的话，他们的理由是现在的生活又饥又累，世界上有个更美好的地方不是天经地义的事情吗？不过，猪对摩西的态度暧昧不明，他们皆轻蔑地表示糖果山是编造出来的，可是却又让摩西继续待在农庄里，无须工作，每天还有四分之一品脱的啤酒喝。

　　拳击手蹄伤复原后，工作比以往更加卖力。说实话，动物们那一年都如奴隶般工作，除了固定要处理的农事跟重建风车之外，三月的时候又开始忙着为小猪盖教室。做得多吃得少有时总让动物们难以忍受，但拳击手始终如一，他所说的每句话、所做的每件事都显示自己的气力一如过往，只是他的外表有了些许不同，皮毛变得没有光泽，原本粗壮的后腿也消瘦了。其他动物总说："等地上长出春草，拳击手就会胖回来了。"然而，春草是长出来了，拳击手却没有胖回来。在将石头往矿场斜坡上拉的过程中，当拳击手绷紧肌肉稳住又重又大的石块时，他偶尔会觉得，自己之所以能撑下去完全是靠意志力。每当这种时候，动物们就会看见拳击手嘴里默念着："我要更努力。"幸运草跟班杰明再次提醒拳击手要注意健康，但他就是不听，随着十二岁生日即将来临，他现在什么都不在乎，只想在退休领津

贴之前收集好足够的石块。

　　某个夏日夜里，太阳才刚下山不久，一个消息在农庄内传开，说拳击手出事了，当时他独自出门拉了一车石头到风车工地去。传言是真的，几分钟后，两只鸽子急急忙忙飞回来，说："拳击手倒下去了！他侧身倒在地上，站不起来了！"

　　农庄内半数动物皆往风车矗立的山丘冲去。拳击手就倒在那里，在推车的两根把手之间，他脖子伸得长长的，头连抬都抬不起来，眼神呆滞、全身冒汗，嘴里还流出细细的血丝。幸运草见状，屈膝跪在拳击手身旁。

　　"拳击手！"幸运草喊道，"你还好吗？"

　　"我的肺出问题了，"拳击手有气无力地说，"但是没关系，我相信你们没有我也能建好风车，现在，石头已经收集得够多了，而我大概只有一个月的干活时间了。老实说，我一直很期待退休，而且，班杰明也愈来愈老了，或许他们会同意让他同时退休，好跟我做伴。"

　　"我们得马上求救，"幸运草说，"谁赶快去跟尖叫者说这件事情？"

其他动物全都跑回农舍，向尖叫者报告，只剩下幸运草与班杰明陪着拳击手。班杰明不发一语地趴在他身边，甩着长长的尾巴替他赶苍蝇。约莫过了十五分钟，尖叫者满脸同情与关心地来到现场，表示拿破仑同志已经听说这个万分悲惨的消息，知道农庄最忠诚的工作者的不幸遭遇，且已安排好要将拳击手送到威灵顿的医院去。大家对此觉得有些不妥，除了莫莉跟雪球以外，其他动物都没有离开过农庄，也不希望生病的同志接受人类的治疗。然而，尖叫者轻易地说服了他们，他说威灵顿的兽医比农庄动物更能诊治拳击手的病。大约半小时后，拳击手稍微好过一点，便吃力地站起身，一拐一拐地往马厩走。在那里，幸运草与班杰明已经为他铺好一层舒服的稻草。

接下来的两天，拳击手都待在自己的马厩里，猪从浴室药柜中找到一大罐粉红色药水，由幸运草负责每天两餐餐后喂拳击手喝。在夜里，幸运草待在拳击手的马厩内和他聊天，班杰明则在一旁帮他赶苍蝇。拳击手跟他们说自己不觉得难过，如果复原良好，还能多活三年呢！他很期待生活在大牧场一隅的平静时光，那将是他有生以来第一次有空好好学习以增长智能，他表示打算用剩余的时光来学习剩下的二十二个字母。

不过，班杰明和幸运草只有在工作结束以后才能陪拳击手，而他就在某天中午被有篷大马车运走了。当时，动物们在猪的

监督下在萝卜田里除草。突然间，班杰明从仓舍那里跑来，还放声大叫，把大家吓了一跳，这是他们第一次看到班杰明这么激动。实际上，这是大家第一次看到他跑起来。"快点！快点！"他嚷嚷着，"赶快过来！他们要把拳击手带走了！"动物们不等猪下令，马上丢下工作往仓舍跑。果然，院子里有一辆车门紧闭的马车，前头有两匹马拉着，车身还刻了些字，车夫座坐了一名面容狡狯的男人，头上的圆顶礼帽帽檐压得低低的。拳击手的马厩空空如也。

大家挤向马车，齐声喊道："再见！拳击手，再见！"

"傻瓜！傻瓜！"班杰明大声叫道，他绕着动物们跳来蹬去，瘦小的蹄子还不停跺着地面，"傻瓜！你们没有看到马车那一边写了什么字吗？"

这让大家停了下来，现场顿时一片静默。穆里儿慢慢地拼出车身上的字，但班杰明将她推到旁边，在一片死寂中念道：

"'阿飞·席蒙斯，威灵顿屠马商兼煮胶商，皮毛与骨粉经销商，狗屋供货商'，你们不明白那是什么意思吗？他们要把拳击手送到屠马者那里去！"

所有动物吓得尖叫，此时，车夫座上的男人抽打马匹，马车轻快地驶出院子。动物们跟在后头，使尽全力大叫，而马车速度愈来愈快，幸运草挤到前头，试着要抬起肥胖的四肢加速

奔跑，但速度却不尽如人意。"拳击手！"她大喊，"拳击手！拳击手！拳击手！"就在这个时候，拳击手仿佛听到外面的喧嚷声，把那张白色条纹一直延伸到鼻头的脸凑近马车后的小窗。

"拳击手！"幸运草厉声叫道，"拳击手！出来！快出来！他们要把你送去屠宰场！"

所有动物跟着喊："出来，拳击手，出来！"但马车已经加速驶离，大家不确定拳击手是否听懂幸运草对他说的话。没过多久，他的脸消失在窗后，接着，车内传来蹄子踹击的巨大声响，拳击手试图要踹破车门。只差几下就能把车门踹成碎片了，可是，唉！拳击手已经气力用尽，蹄子踹击的声音愈来愈小，最后终于消失。绝望之余，动物们不断恳求拉马车的那两匹马停下脚步，他们叫道："同志们！同志们！不要把你们的弟兄带去送死！"

但这两匹笨马完全不知道发生了什么事情，只管把耳朵贴紧头部加快速度。拳击手的脸并没有再次出现在窗户边，一切都太迟了，有动物想冲到前面去关上栅门，可是马车已然通过栅门，迅速消失在路的那一头。从此，大家没有再见过拳击手。

三天后，大家得知，拳击手在威灵顿的医院内接受各种适合马的治疗方式，但还是死了。尖叫者向其他动物传达这则消息，还表示自己陪拳击手走完了最后几个小时。

"那是我这辈子见过的最伤感的一幕！"尖叫者一边举起蹄子拭泪一边说，"我一直到最后都待在他床边，几乎没有力气说话的拳击手在我耳边轻轻地说，他唯一的遗憾是没能在死前看到风车完工。他还细声喊着：'同志们，前进！以造反之名前进。动物农庄万岁！拿破仑同志万岁！拿破仑永远是对的。'同志们，这就是他最后所说的话。"

一说完这段话，尖叫者态度突然改变，先是沉默了一下子，小小的眼睛满是猜疑地扫视在场动物，然后才又继续讲下去。

他表示，在拳击手被送走的时候，听说动物之间流传着一个愚蠢、缺德的谣言。有些动物注意到，载走拳击手的马车上标有"屠马商"几个字，于是便下了个结论，说拳击手被送到屠马者那里去了。尖叫者说，有动物笨到这种地步实在让他难以置信。他跳来蹦去、甩动尾巴愤慨地说：你们应该知道，亲爱

154

的领袖拿破仑同志不会做这种事情，对吧？事情其实非常简单，那辆马车先前为屠马者所有，之后由兽医买走，只是车身上的旧名字还没涂掉，这就是产生误会的原因。

一听完解释，动物们大为宽心。尖叫者进一步生动描述拳击手死前所躺的床、当时所接受的完善照护以及拿破仑不计价格所购买的昂贵药物，这让大家的疑虑一扫而空。至少，拳击手走得很愉快，想到这里，同志死去的哀伤也就不再那么强烈了。

拿破仑在接下来那个星期天的早晨聚会中现身，简短地发表了一段演说颂扬拳击手。他说大家都很怀念这位同志，虽然没办法将他的遗体运回农庄安葬，但他已下令从农舍花园采摘月桂做成大花圈，送到拳击手的坟上。此外，猪群还打算在几天后举办拳击手追悼宴。演讲结束时，拿破仑重述了一次拳击手最爱的两句格言："我要更努力""拿破仑同志永远是对的"。他表示所有动物都该谨记在心。

追悼宴当天，一辆从威灵顿来的食品商马车进入农庄，在农舍外搁下一只大木箱。当晚，农舍内传来喧闹的歌声，接着似乎是一阵剧烈争吵声。十一点左右爆出了巨大的玻璃碎裂声，之后一切归于平静。农舍里的猪一直到第二天中午才醒来，有传言说猪不知道从哪筹到钱，买了一箱威士忌。

第十章

　　四季流转，数年过去，寿命较短的动物先后死去。如今，除了幸运草、班杰明、乌鸦摩西和一些猪，其他动物都不记得造反以前的事情了。

　　穆里儿已死，蓝铃、洁西与品契尔亦然，就连琼斯也走了，他死在威灵顿一个酒鬼家里。而大家都把雪球忘了，拳击手的事情也只剩下一小部分认识他的人记得。如今，幸运草是匹年迈的肥胖母马，关节僵硬还经常流眼油，她的年纪已经超过退休年龄两年了。然而，没有动物真的退休。以前大家都在讨论，大牧场一隅会独立出来为退休动物所用，但这已经好久没有动物提起。拿破仑现在是头一百五十多公斤重的成年种猪，尖叫者则胖到很难睁开眼。只有老班杰明一如过往，差别仅在于嘴边的毛花白了些，自从拳击手死后，他更加孤僻寡言了。

农庄的动物数量增加幅度虽然不如早年预期的高，但也相当可观。许多新生命只通过口耳相传得知造反这个不清不楚的传说，而从外面买来的动物在进农庄前都没听过这件事情。除了幸运草以外，农庄现在多了三匹马，他们身强体壮、任劳任怨，个个都是好同志，可是非常愚笨，字母顶多学到 B。这三匹马对造反的故事还有动物主义全盘接受，还特别听幸运草的话，因为她就像他们的母亲。然而，大家都怀疑他们听得懂多少。

农庄现在更繁荣、更井然有序，甚至还从皮金顿先生那里买了两块地。风车终于顺利完工，目前农庄有打谷机和干草升运机，多盖了几栋不同的建筑物，温普则添了辆双轮马车。风车始终没能用来发电，只当作谷物磨坊，但帮农庄带来了丰厚的收入，动物们正在努力建造第二座风车。大家说，等这座风车建好就会装上发电机。不过，雪球当初为动物们勾勒出的美好梦想，像是有电灯及冷热水的厩棚，还有一周三天工作等，都已不再被提起。拿破仑谴责这些梦想违反动物主义精神，他说最实在的幸福乃是辛勤工作、简朴生活。

不知道为什么，虽然农庄欣欣向荣，动物们似乎并没有随之富足。当然，猪和狗例外，或许这多少是因为农庄里有太多猪、狗。他们并非不工作，而是做的农庄事务不一样。尖叫者总不厌其烦地解释，他们要忙着监督，好维持农庄事务的条理，这差事怎么做也做不完，有很多是其他动物的智慧所无法理解的。尖叫者举了个例子，猪每天都得花费大量精力在一些谜一般的事情上，如"卷宗""报告""笔记"还有"备忘录"，这些全都是很大张的纸，上面要写满密密麻麻的文字，写好后立即丢到火炉里烧掉。尖叫者表示，这工作对农庄福利影响甚巨。但话说回来，猪和狗都不事生产，偏偏他们数量庞大且胃口很好。

至于其他动物，照目前看来其实没什么改变。他们常挨饿，睡在稻草上，喝水池水，在田里工作，冬天受冷，夏天被苍蝇骚扰。有时候，年纪较长的动物努力探索模糊的记忆，试图判定现在的生活是否好过造反成功初期，也就是琼斯刚被赶走的时候，但什么都记不得了。他们找不到东西来跟目前的生活比较，唯一的参考只有尖叫者的一长串数据，那些数据总是显示一切愈来愈美好。动物们发现这个问题根本无解,然而不管怎样，他们现在也没什么时间来思考。只有老班杰明声称自己记得这漫长的一辈子发生过的所有细节，而且知道生活从来就没有变好或变坏，以后也将如此。他说，饥饿、困苦、失望，这些都是生活中改变不了的定数。

不过，动物们从未放弃希望，而且身为动物农庄一员的荣誉感与优越感一直存在于他们心中，片刻未曾消逝。他们依旧是整个国家——整个英格兰唯一一座归动物所有、由动物经营的农庄。动物们总对此惊叹不已，就算是最年轻或者从几十公里外的农庄被带来的新成员也不例外。听着枪响，看着绿色旗帜在旗杆上飞扬，这些动物内心便洋溢着永不磨灭的骄傲感。聚会演讲总会谈到过去那段英勇岁月，像是驱逐琼斯、涂写七戒以及几场击败人类入侵者的伟大战争等。动物们没有放弃任何旧日梦想，老少校所预言的动物共和国、领土上那片毫无人类足迹的英格兰绿地，仍是大家心中的信仰。这个梦想有天会实现，或许不会马上成真，或许目前活着的动物皆无法亲眼见证，但总有那么一天。农庄内的动物大概还会偷偷地哼唱《英格兰之兽》，不管怎么说，其实庄内的每只动物都知道这首歌，只是不敢大声唱出来。他们的生活或许艰辛，心中的希望或许没有全部达成，但他们很清楚自己和其他动物不一样。他们挨饿并不是因为要喂饱暴虐的人类，他们辛勤工作至少是为自己打拼，他们之间没有谁是靠两只脚站立的，也没有谁要叫谁"主人"，所有动物一律平等。

初夏某一天，尖叫者命令羊群跟他走，结果把他们带到农庄一端的荒地去，那里长满了桦树苗。在尖叫者监督下，羊群吃了一整天树叶。到了晚上，尖叫者独自回到农舍，因为天气暖和，所以他要羊群留在原地。他们在那里待了整整一个星期，这段时间里，其他动物都没见着半只羊。尖叫者每天大部分的时间都和羊群在一起，说是在教他们唱新歌，得选在安静的地方进行。

羊群回来后没多久，一个舒服的夜里，动物们结束工作回到仓舍，院子里突然传来可怕的马鸣声，大家都被吓到了，纷纷停下脚步。那是幸运草的声音，她再度嘶鸣，所有动物赶忙冲向院子，幸运草所见到的事情映入大家眼帘。

一头猪正在用后腿走路。

没错，是尖叫者，他走路的样子有点笨拙，仿佛还不太习惯以这种姿势来支撑庞大的身躯，但步伐很平稳。他正在院子里散步。之后，一长列猪群从农舍大门内走出来，全都用后腿走路，有些走得比较好，其中有一两头猪有点不稳，看起来好像需要拐杖，不过这些猪个个都成功绕了院子一圈。最后，一

阵凌厉的狗叫声还有黑公鸡刺耳的啼叫声后，拿破仑直挺挺地走了出来，高傲的目光扫视四周，狗群则在他身边蹦蹦跳跳。

拿破仑蹄子上夹着一根皮鞭。

现场一片死寂，动物们惊恐地挤在一起，看着猪列队在院子中缓慢绕行，仿佛整个世界颠倒过来了。第一时间的震惊消退后，动物们突然觉得，虽然狗很恐怖，而且那么多年下来已

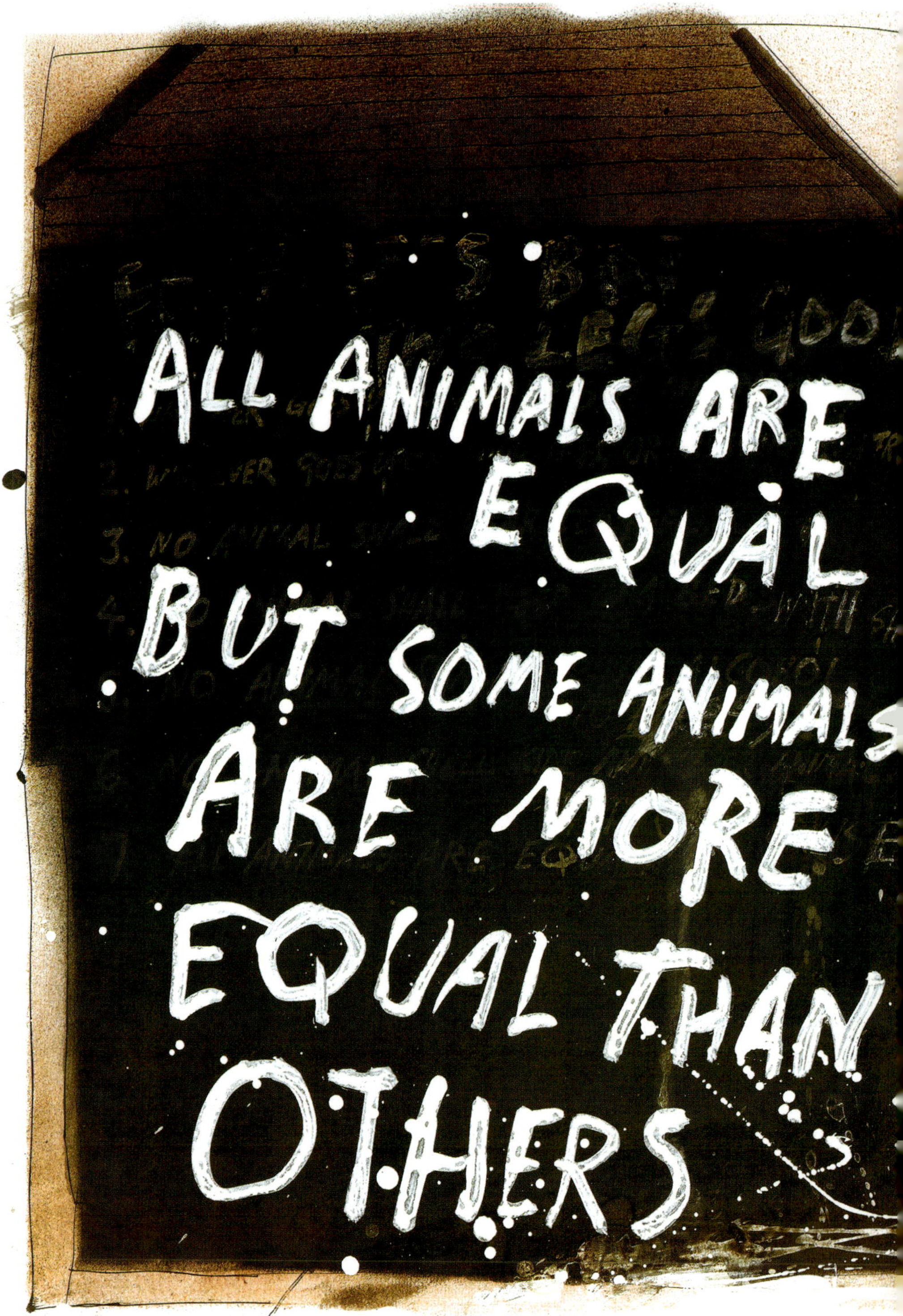
ALL ANIMALS ARE EQUAL
BUT SOME ANIMALS ARE MORE EQUAL THAN OTHERS

经成了习惯，大家对任何事情都不抱怨、不批评，但这次该不顾一切地表达些反对意见。可是，就在这个时候，所有羊群仿佛接收到暗号齐声咩叫：

"四足善，双足更善！四足善，双足更善！四足善，双足更善！"

咩叫声毫不停歇地持续了五分钟。等到羊群静下来后，大家也没机会抗议了，因为猪群已经走回农舍了。

班杰明觉得有动物用鼻子顶他肩膀，回头看发现是幸运草，她双眼老花得比以往更严重了。幸运草一语不发地咬着班杰明

的鬃毛，把他拉到大谷仓一头，写着七戒的那面墙边。他们站在这面涂满沥青的墙壁前，盯着上面的白色字体看了一两分钟。

"我眼睛快不行了，"幸运草最后开口道，"就算是年轻的时候，我也读不懂上面的字，但这面墙看起来好像有点不同。班杰明，七戒的内容依旧是那样吗？"

这一次，班杰明同意破个例，将墙上写的东西念给幸运草听。如今，这面墙上什么都没有，只有一条戒律，内容是：

所有动物一律平等，

但有些动物比其他动物更为平等。

这之后，到了第二天，猪在监督农事时，蹄子上夹了条皮鞭。之后，他们买了无线收音机，准备装电话，订了《约翰牛[1] 报》《珍

---

① 约翰牛（John Bull），指英国人。

事报》和《每日镜报》。大家也看过拿破仑嘴里叼着烟斗在花园里散步，这些现在已经不足为奇了，猪甚至从衣橱里拿出琼斯先生的衣服来穿。拿破仑一袭黑色大衣、马裤及皮革绑腿，他最爱的母猪穿着琼斯太太星期天最常穿的波纹绸洋装，这些也都见怪不怪了。

一周后，有天下午，几辆双轮马车驶进农庄，原来邻近农庄受到邀请，都派代表来参观访问。他们在整座农庄绕了一圈，对所见到的一切赞叹不已，尤其是风车更为他们所称道。动物在萝卜田里除草，辛勤工作，脸总是向着地面，不知道是比较怕猪，还是比较怕来访的人类。

那天晚上，农舍内传来洪亮的笑声和歌声，各种声音交错之下，动物们突然感到好奇，动物和人类首次以平等身份碰面，会发生什么事情呢？于是大家不约而同地走向农舍花园，尽量不出半点声响。

动物们在大门前停住，有点不敢再往前走，最后由幸运草带头进入，他们踮起脚尖走近农舍，比较高大的动物则从餐厅窗户往里看。餐桌边坐着六个农夫和六只地位较高的猪，拿破仑则坐在主位，这些猪坐在椅子上看起来很怡然自得。他们之前在玩纸牌游戏，现在稍作歇息，显然是准备干杯。一个大酒罐在桌上传来传去，斟满一杯杯啤酒，里面的人或猪都没有发

现窗户外有动物满脸疑惑地向里张望。

狐林农庄的皮金顿先生手拿酒杯站起来，说他希望在场各位干一杯，但在干杯之前，他先要说些话。

皮金顿表示，长久以来的不信任与误解如今终于告一段落，相信这对他以及在座诸位来说都是件弥足欣慰之事。过去一段时间，不论他自己或在场各位都没有这样的感受，当时，人类邻居对受到敬重的动物农庄所有者怀有疑虑——不是敌意，疑虑罢了。之前发生过不幸事件，也有过一些误会，大家觉得一座归猪所有、由猪管理的农庄总是违背常理，可能会为邻近农庄带来纷扰。很多农夫不先打听清楚就以为这样的农庄在鼓吹放纵思想、脱序行为，担心自己的牲畜或手下也会被影响，但这些疑虑如今全都烟消云散。今天，他和他的朋友参观访问动物农庄，亲眼目睹农庄内的一点一滴，他们看到了什么呢？最先进的制度，而且庄内纪律严明、井然有序，足以当所有农夫的榜样。他认为，和威灵顿其他农庄动物比起来，动物农庄里的低下动物可以做更多的活、吃更少的粮食。事实上，他和其他造访者今天观察到了许多管理特点，回去后打算马上在自家农庄实行。

皮金顿表示自己的话到此为止，还不忘再次强调动物农庄及其邻居之间已然存在且应该继续维系下去的友谊。猪和人类

170

之间没有也不该有任何利益冲突，因为他们努力的目标和面临的困难都一样，劳动问题不是到处都相同吗？说到这里，皮金顿显然是准备幽默一下，但他却开心到说不出话来。他努力抑制笑意，下巴都憋得发紫了，最后才说出："你们有低下动物要伤脑筋，我们也有低下阶级要处理！"这句妙语在餐桌上引起一阵大笑。之后，皮金顿先生再次向猪道贺，恭喜他们能以少量配给让动物长时间工作，一点都不让动物饮食过量。

最后，皮金顿示意大家站起来，并在杯子里斟满酒。"各位先生，"他说道，"各位先生，我们来干杯，祝动物农庄繁荣昌盛！"

热烈的喝彩声和跺脚声四起。拿破仑非常开心，于是离开座位，绕到皮金顿先生身边，和他干完最后一口酒。喝彩声歇止后，依旧双脚站立的拿破仑表示也有些话要讲。

这席话和拿破仑其他演讲一样，都很简明扼要。他说，他也很高兴看到那一段彼此误会的时期告一段落。长久以来，一直有谣言说他和其他猪同僚在鼓吹颠覆行动，甚至提倡革命，他有理由怀疑散布者为某些邪恶敌人，这些敌人把他们讲成是造反分子，企图煽动邻近农庄的动物造反，但事实是无法扭曲的！一直以来，他们唯一的愿望就是与邻居和平共处，维持正常的贸易关系。之后，拿破仑又补了一句，他有幸治理的这座农庄其实是合作制企业，手中的农庄地契其实为所有猪共同拥有。

拿破仑表示，过去那些猜忌不会再继续下去，而且农庄生活习气最近也做了些改正，相信能进一步增强彼此的信任。从过去到现在，农庄动物有个愚蠢的习惯，老是称呼对方"同志"，这以后要加以禁止。庄内还有一个奇怪规矩，花园里有根木杆，上面钉了个公猪头骨，每个星期天早晨大家都得列队经过。这规矩不知道是从哪来的，也要禁止，而且那颗头骨现在已经埋起来了。再者，来访人士不知是否看见旗杆上飘扬的绿色旗帜，若有，应该会注意到原本画在上面的白蹄、白角已经不见了，这面旗帜今后都会维持纯绿色。

对于皮金顿先生出色、友善的演说，拿破仑说他只有一点批评，皮金顿先生从头到尾都以"动物农庄"相称——当然，他还不知道，毕竟这是拿破仑首次宣布——"动物农庄"这个名字已经被废除，从今以后，这座农庄改名为"曼诺农庄"。拿破仑认为这才是最正确、最初始的名称。

"先生们，"拿破仑在演讲末尾这么说道，"我也想向大家敬酒，但说辞有点不一样。现在，请把酒斟满。先生们，我敬你们一杯，祝曼诺农庄繁荣昌盛！"

餐厅内再次响起热情的喝彩声，大家将酒一饮而尽。外面的动物盯着里面，他们觉得似乎有点不对劲。猪的脸是不是变了？幸运草老花的双眼瞥过所有猪，有的有五层下巴，有的四层，有的三层，那些不断融化、改变的是什么东西？接着，掌声结束，餐桌边的猪和人重新拿起纸牌，继续玩进行到一半的游戏，而动物们则悄悄地离开农舍。

在离开农舍还不到二十码的时候，动物们突然停下脚步，因为屋子里传来喧闹的声音。他们赶紧往回走，再度往窗内望去。没错，里面的猪和人正吵得不可开交，他们嘶吼叫骂还拍打桌子，一边眼神满是猜忌，一边不断矢口否认。争端起因好像是拿破仑和皮金顿先生手上同时持有黑桃A。

十二种不同的声音同时愤怒叫喊，但其实都一个样。如今，无须再问猪的脸有什么变化。外面的动物看看猪又看看人，看看人又看看猪，接着又看看猪再看看人，眼前已是猪人难辨。

一九四三年十一月至一九四四年二月

终